“악수 정도라면,
해줄 수 있어.”
SAAYA TAKAUJI
STATUS
타카우지 사아야
특징 / 특기
학년 제일의 두뇌파
초고교급 미모
거절을 못 함
야한 농담 좋아함
추위를 잘 탐
정크푸드를 좋아함
SCAN

"후배 군은 '좋은 남자'라고
저는 생각하는데요?"

HUMI NISHIKATA STATUS

니시카타 후미

특징 / 특기

겉모습은 어린애
두뇌는 도박사
정신적 체육계열 기질
싸움은 백전연마

HUMI
NISHIKATA

SCAN

“아카리가 내 가슴을
뚫어져라 쳐다봐!
엉큼해~!”
HARU SEGAWA
STATUS
세가와 하루
특징 / 특기
엄청난 사교성
남을 잘 챙김
모성
순수
HARU
SEGAWA
SCAN

스테이터스에 적힌 【순수】는 사실일까?
"……마, 만졌어…… 주물렀어……
나, 처음이었는데……."

"아, 미안——."

혹시 엉큼하다고 생각할까……?
"걔그랑 본인의 기질은 별개야, 다르다고.
……정말 다르다고."

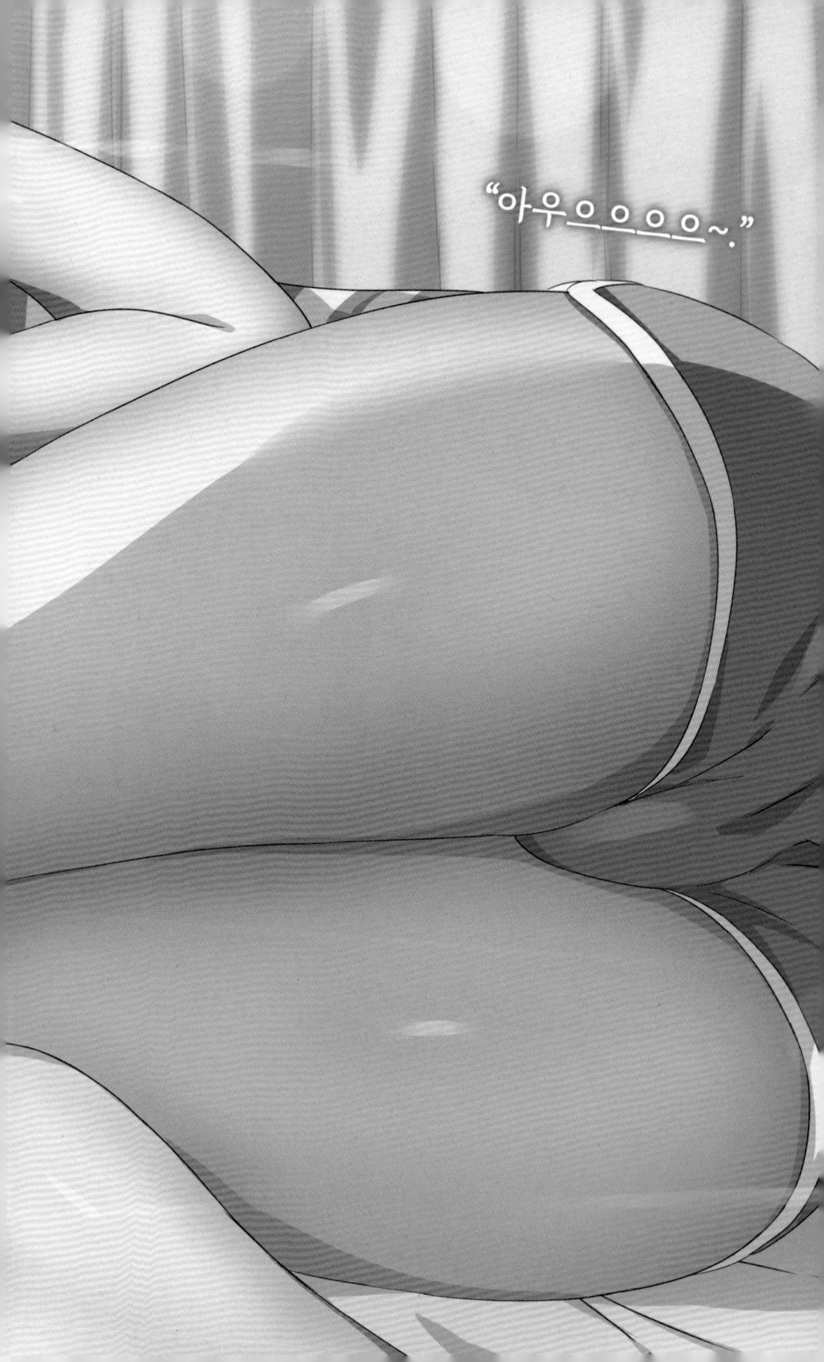
"아우으으으으~."

CHARACTER

One day, I started to see other people's secrets My school romantic comedy

AKARI KIMISHIMA

AKARI KIMISHIMA	STATUS
키미시마 아카리	
특징 / 특기	
엑스트라 겁쟁이 무사안일주의 라디오 오타쿠	

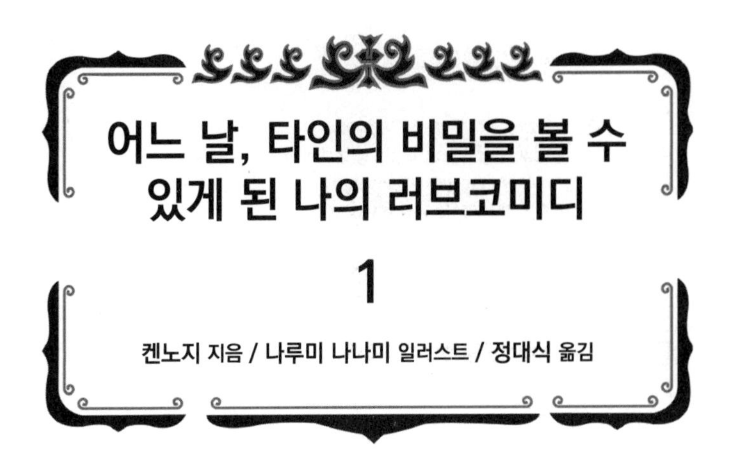

어느 날, 타인의 비밀을 볼 수 있게 된 나의 러브코미디

1

켄노지 지음 / 나루미 나나미 일러스트 / 정대식 옮김

소미미디어

컬러, 본문 일러스트 | **나루미 나나미**

목 차

Contents

One day, I started to see other people's secrets

My school romantic comedy

프롤로그

"미안. 이런 곳으로 불러내서."

"아뇨."

한 선배가 학교 제일의 미소녀를 불러낸 현장을 우연히 보게 된 나는 무의식중에 몸을 숨겼다.

선배는 분명 배구부원으로 키가 크고 팔다리도 길고 얼굴도 산뜻하게 생겼다. 그런 얼굴이 지금은 긴장해서 굳어져 있었다.

분위기로 미루어 고백이라는 걸 쉽게 상상할 수 있었다.

그냥 시간이나 죽이려고 사람이 잘 다니지 않는 학교 뒤를 어슬렁어슬렁 찾아온 나한테도 잘못이 있기는 하다. 하지만 한 번 맞닥뜨리고 났더니 어떻게 될지가 궁금했다.

나는 소리를 내지 않도록 주의하며 귀를 기울인 채 그 미소녀의 안색을 살폈다.

학교 제일의 미소녀, 타카우지 양은 평소처럼 무표정에 가까운 새침한 얼굴로 선배가 말을 잇기를 기다렸다.

타카우지 양에게 고백한 사람은 많지만, 아직 사귀는 사람은 없다고 들었다.

"전부터 괜찮다고 생각했는데……."

"네에?"

타카우지 양이 표정 하나 바꾸지 않고 맞장구를 치듯 대

꾸했다.
만약 내가 선배였다면 그것만으로 무진장 주눅이 들었을 거다.
좋아하는 사람에게 고백할 만큼의 용기가 내게는 없다.
그러니 선배는 연적이라 할 수 있지만, 그 용기는 조금 존경스러웠다.
"타카우지 너, 누구 사귀는 사람 있어?"
"그런 걸 왜 선배한테 말해야 하죠?"
맞는 말이긴 하지만 내심 선배가 불쌍했다.
'없어요' '있으면 나랑 사귀어 줘'라고 대화를 이끌어갈 생각이었을 거다. 애초에 사귀는 사람이 없단 걸 알면서 불러냈을 테고.
그녀가 담담하게 내뱉은 말은 선배에게 감정이입을 한 나에게 칼날처럼 날카롭게 느껴졌다.
"그게…… 아냐, 됐어…… 미안……."
선배는 그대로 떠나갔다. 나와 같은 심정이었던 모양이다. 타카우지 양은 난감해하지도 않고 무뚝뚝한 얼굴로 살며시 한숨을 내쉬었다.
그러고는 "대체 뭐야"라고 혼잣말을 했다.
쌀쌀맞은 말투와 무표정이 합쳐지자 무척 귀찮아하는 듯이 보였다. 비슷한 경험을 잔뜩 한 탓에 넌더리가 난 걸지도 모른다.

하지만 저렇게나 상처 입었는데 앞으로도 '나에게 고백했던 사람'으로조차 인식되지 못할 거라니, 나라면 버틸 수가 없을 거다.

내가 좋아하게 된 학교 제일의 미소녀는 난공불락이었다.

처음에는 동경하는 정도에 불과했다.

하지만 어느 계기로 인해 그 동경은 사랑이라 부를 수 있을 정도까지 발전했다.

나의 무진장 마이너한 취미를 타카우지 양도 좋아하는 것 같다는 사실을 알아챈 것이다.

그 취미란 바로 심야 라디오를 듣는 거다.

TV에서도 그럭저럭 유명한 개그 콤비 '만다리온'이 진행하는 심야 라디오 방송 '만다리온 심야론'을 아무래도 타카우지 양도 듣고 있는 것 같다.

그녀가 그렇다고 말하는 걸 들은 건 아니지만, 열혈 청취자인 나는 그녀가 갖고 있는 키홀더나 스티커 등이 모두 방송 굿즈라는 걸 알 수 있었다.

단순하지만 그게 좋아하게 된 계기다.

하지만 주변에 다른 애청자는 없다고 생각했던 나는 멋대로 친밀감을 느끼고 서서히 좋아하게 되었다.

그렇지만 나보다 스펙이 뛰어나 보이는 선배가 저런 식으로 격침되었다. 아무리 좋아하더라도 고백은 안 하는 게 좋을 거다.

수많은 격침 남학생 중 한 명이 될 바에야 이 마음은 품고만 있는 게 좋을 것 같다. 게다가 같은 반이 되기는 했지만 분명 이야기할 기회도 없을 테니까. 솔직하게 말하자면 웃는 모습조차 본 적이 없다.

너무 반듯한 나머지 차가운 인상을 주는 아름다운 외모는 정교한 여신상을 보는 듯하다.

타카우지 양은 무뚝뚝한 표정을 한 채 교사(校舍)로 돌아갔다.

취미가 같으니, 이야기를 해보고 싶은 마음은 있지만, 나한텐 무리야.

"아카리, 그런 데서 뭐 해?"

그 말을 듣고 돌아보니 소꿉친구인 세가와 하루가 있었다.

밝은 금발 머리에 웃으면 덧니가 살짝 보인다. 본인 말로는 매력 포인트란다.

손목에는 슈슈 헤어밴드를 찼고, 스커트는 허벅지를 가릴 생각이 전혀 없어 보일 만큼 상당히 짧다.

걸어 다니는 교칙 위반 같은 이 여자애가 내 소꿉친구였다.

"아니, 그냥 산책 중이었는데."

"웬일로? 하여간 별나다니까. 같은 반 된 거 봤어?"

"아아, 응."

이 녀석은 학생지도 선생님께 엄청 주의를 받기도 하고, 소꿉친구인 내가 객관적으로 봐도 야한 차림새를 하고 다닌다.

하루는 남녀를 불문하고 교우관계가 미친 듯이 넓다. 분명 여러모로 경험도 많겠지. 실제로 어떨지는 모르겠지만, 비치(bitch)라고 수군거리는 녀석들도 있다.

소꿉친구이기는 해도 사적인 이야기를 거의 안 하게 된 탓에, 굳이 진상을 확인할 생각은 없다.

"1년 동안 잘 부탁한다."

"내년에 같은 반일지 어떨지 아직 모르잖아."

"일단 그렇다고."

이런 식으로 나에게 적극적으로 말을 걸어주는 여학생은 하루 정도다. 다른 사람과도 사무적인 대화는 하지만, 하루와 대화하지 않는 날은 학교에서 한 마디도 하지 않는 날도 있을 정도다. 하루하고도 소꿉친구가 아니었다면 말을 섞을 일이 없었을 거다.

"곧 HR시간이지? 빨리 가자."

하루는 그렇게 나를 재촉했다. 저런 차림새를 하고 있으면서 이상하게 성실하단 말이지.

"안색이 안 좋은데 괜찮아?"

"나? ……응, 괜찮아."

조금 전에 본 고백 장면 때문일까. 남의 일인데도 나는 아직 좌절에서 빠져나오지 못했다. 두부 멘탈이 따로 없다.

교사 뒤를 뒤로 한 우리는 적당히 잡담을 나누며 교실로 돌아갔다.

“하루찡, 어디 갔었어~? 안 보여서 화장실에 못 갔잖아.”

“아하하. 그건 나 없이도 다녀와야지.”

“야야, 세가와, 부탁하면 한 번 하게 해준다는 거 진짜야?”

“우와아, 발정 성인, 소름. 본인한테 직접 물어볼 말이 아니잖아. 진짜 징그러워.”

빈틈없는 철벽과도 같은 타카우지 양과 달리, 하루는 벽이 없고 빈틈투성이다. 반이 바뀌었는데도 저렇게 쉬는 시간에 말을 걸어오는 사람이 끊이지 않는 걸 보면 교우관계랑 사교성 하나는 대단한 것 같다.

남학생과 하루의 대화 소리가 들린 것인지 타카우지 양은 눈살을 찌푸린 표정으로 그쪽을 흘끔 쳐다보았다.

그러더니 ‘교실에서 상스러운 이야기 좀 하지 마’라고 말하는 듯한 차가운 눈빛을 보내다가 금방 고개를 돌렸다.

청렴결백이란 개념의 체현자 같은 타카우지 양은 그런 이야기를 싫어하겠지…….

담임 선생님이 와서 간단한 자기소개와 올 한 해 동안의 포부 같은 것을 늘어놓기 시작했다.

꾸벅꾸벅 졸다가 종소리를 듣고 HR이 끝난 걸 알아챘다. 그렇게 HR 도중부터 졸다가 정신을 차리고 하품을 하며 눈가를 비비던 때였다.

· 키미시마 아카리
· 성장 : 급성장
· 특징 / 특기
  엑스트라
  겁쟁이
  무사안일주의
  라디오 오타쿠

컴퓨터 화면에서 볼 수 있는 윈도 창 같은 게 느닷없이 표시됐다.

……뭐야, 이거.

내가 잠이 아직 덜 깼나.

찰싹, 내 뺨을 때려봤지만 분명 아팠다.

키미시마 아카리……. 내 이름이다.

스테이터스라고 해야 할까? 그런 게 항목별로 적혀 있었다.

1 스테이터스와 성장과 변화

"뭐야, 이거."

【엑스트라】라니. 실례잖아.

누가 무슨 기준으로 정하는 건데.

자는 동안 초과학기술을 가진 외계인한테 무슨 짓이라도 당했나?

진짜 이게 뭐지?

앞자리에 앉은 남학생한테 물어봤다.

"여기에 내 스테이터스? 같은 게 있는데, 보여?"

허공에 표시된 스테이터스를 가리키며 묻자, 그 녀석은 의아한 얼굴로 코웃음을 쳤다.

"뭐어? 그게 뭔 소리야?"

안 보이나 보다……. 나만 보이나?

교실을 둘러보니 다들 나한테 붙어 있던 스테이터스 같은 게 보였다.

이름, 성장, 특징 / 특기. 항목은 모두 같았다.

"아카리~ 너무 푹 자더라."

하루가 내 자리로 다가와 말을 걸었다.

"4월에는 왠지 졸리지 않아?"

"이해는 하지만 말야~ 그렇다 쳐도 너무 많이 자."

하루는 깔깔 웃었다.

그런 하루에게도 스테이터스가 있었다.

· 세가와 하루
· 성장 : 성장
· 특징 / 특기
엄청난 사교성
남을 잘 챙김
모성(母性)
순수

아아, 응. 짚이는 구석이 있기는 하네.

사교성 쪽은 같은 학년 모두와 친하지 않을까 싶을 만큼 교우관계가 넓다.

나와 하루는 유치원 때부터 계속 함께였는데, 내가 모자란 부분이 있어서인지 하루가 이래저래 챙겨주는 경우가 많았다.

"모성……."

무심결에 그 상징이라 할 수 있는 부분으로 눈이 갔다.

초등학교 6학년 정도부터 다른 여자애들에 비해 엄청나게 성장했었지…….

거대한 가슴. 다시 말해서 모성. 응, 응, 그런 뜻이구만요.
"아카리가 내 가슴을 뚫어져라 쳐다봐! 엉큼해~!"
"아니거든?!"
사실 맞지만 이걸 긍정할 수는 없잖아.
스테이터스에는 나와 마찬가지로 성격과 성향이 반영되어 있었지만 내가 모르는 부분도 있었다.
【순수】.
정말로? 이 스테이터스 맞는 거야?
차림새가 이렇다 보니 순수하게는 안 보이는데. 비치다 뭐다 하는 소문을 믿는 건 아니지만 스테이터스가 옳은 것 같지도 않다. 모처럼 의문의 힘(?)을 손에 넣었는데 아무 말이나 표시되어 있으면 무슨 소용이란 말인가.
이걸 확인할 방법이 하나 생각났다.
실행하면 보통은 사회적으로 죽을 수준의 방법이다. 손가락질을 당하고 경멸의 시선을 받을 거다. 하지만 하루라면 분명 아까 봤던 것처럼 가볍게 흘려 넘기면서 용서해 줄 거다.
나는 자연스러운 동작으로 하루의 가슴으로 손을 뻗었다.
"아, 미안——."
사고인 척 가슴을 확 잡고 말캉, 하고 주물렀다.
크다! 부드러워!
처음 느낀 감촉과 하루의 【모성】에 충격을 받았다. 그 때

문에 나도 모르게 두세 번 확인하고 말았다.

'어어? 잠깐, 뭐 하는 거야~?!' 하고 장난스럽게 화를 낼 줄 알았더니——.

"…………흑."

입술을 꼭 다문 채 눈에 눈물을 글썽거리고 있었다.

…………말이 없었다.

성별이 다른 소꿉친구에서 피해자와 가해자로 관계성이 바뀐 순간이었다.

"미안! 진짜 미안! 정말로 미안! 잘못했어요!"

나는 성의 없는 사과가 아니라 고개를 확 숙이고 진심으로 사과했다.

"마, 만졌어…… 주물렀어…… 나, 처음이었는데……."

"정말로 미안! 신고만은 하지 말아줘……! 나도 처음이었어!"

"……그럼, 됐어."

괜찮다고? 어째서? 아니, 고맙긴 하지만.

하루는【순수】하다. 응. 스테이터스가 맞네.

하지만 한 가지 더 이해가 안 되는 게 있는데, 바로 성장 항목이다. 저건 신체적인 성장을 말하는 걸까?

키를 기준으로 하면 나는 작년부터 거의 자라지 않았다.

그렇다면【급성장】이라고 되어 있던 나는 앞으로 키가 무진장 클 거란 뜻인가?

“야, 하루, 그거 보여?”

내가 화제를 바꾸려고 하루의 스테이터스 창을 가리키며 묻자, 하루는 눈살을 찌푸렸다.

“어, 뭐야, 무서운 얘기야?”

기분 나쁘다는 듯이 내가 가리킨 부분을 쳐다보고 주변을 둘러보기를 반복하고 있다.

역시 나한테만 보이나 보네. 보인다면 뭔지 물어보려고 했는데 틀린 것 같다.

“아아, 미안, 잘못 봤나 봐.”

성장성과 특징 / 특기가 표시된 스테이터스.

지금도 농구부 에이스와 같은 반이 된 여자 친구가 즐거운 듯이 꽁냥거리고 있다. 하지만 에이스님의 스테이터스에는【선배와 바람피우는 중】이라고 표시되어 있었다.

사적인 비밀까지 훤히 보이네.

사실인지 아닌지 확인할 방법은 없지만, 다른 사람들의 눈에도 나와 같은 게 보인다면 저렇게 즐겁게 수다를 떨 수는 없겠지.

내가 의식적으로 특정 인물을 쳐다보면 스테이터스 같은 창이 불쑥 나타난다. 이 ‘의식적으로’라는 부분이 열쇠인 모양이다.

현재까지 이 불가사의한 현상에 관해 알 수 있는 건 그 정도다.

"있지, 아카리, 오늘은 오전 중에 끝나잖아? 방과 후에 할 일 있어?"

"어? 아니, 딱히——."

나는 하루의 질문을 흘려들으며 어떤 사람을 찾았다.

……찾았다.

화장실에 갔다 돌아온 건지, 타카우지 양은 통로 건너편의 옆자리에 앉았다.

길고 검은 머리카락을 귀 뒤로 넘기자 차분한 옆얼굴이 드러났다.

그 모습은 모델이 우리 학교 교복을 입고 코스프레 연기를 하는 것처럼 빼어나 보였다.

"사야 짱도 같은 반이었네."

하루가 나직한 목소리로 중얼거렸다.

"그런 것 같네~."

나는 관심 없는 척 눈을 돌렸다.

다른 사람들과 마찬가지로 타카우지 양에게도 스테이터스는 있었다.

"………………어?"

엉겁결에 시선을 고정한 채 굳어있자, 하루가 시야를 가로막듯이 끼어들었다.

"저기~ 아카리~?"

"어, 아아, 어엉."

"내 얘기 하나도 안 듣고 있지?"

"듣고 있었어. 가슴은 모성이라는 얘기 중이었잖아?"

"아니거든?! 나 참. ——떽!"

토라진 하루가 나를 향해 손바닥을 밀 듯이 팔을 뻗었다. 격투기에서 말하는 장저(掌底)다.

퍽, 이상한 소리와 함께 둔탁한 고통이 턱에서 퍼졌다.

으악?!

"야, 힘 좀 빼고 때려! 하다못해 장난이라 할 수 있는 범위에서 하라고."

"내 말 안 들었으면서 거짓말까지 해서 그렇잖아."

하루의 말은 오른쪽 귀로 듣고 왼쪽 귀로 흘리고 있었다.

아무튼 내가 장저를 맞은 가장 큰 이유는 타카우지 양의 스테이터스였다.

· 타카우지 사아야

· 성장 : 정체

· 특징 / 특기

학년 제일의 두뇌파

초고교급 미모

거절을 못 함

야한 농담 좋아함

추위를 잘 탐

정크푸드 좋아함

이미지와 일치하는 내용과 그렇지 않은 내용이 표시되어 있었다.

나나 하루와 마찬가지로 성격과 좋아하는 것과 싫어하는 것, 취향이 반영되어 있다.

【거절을 못 함】이라는 항목은 의외라고 생각했는데 그보다 훨씬 의외인 항목이 있었다.

【야한 농담 좋아함】.

언제나 저질스러운 사람한테 인권은 없다고 말하는 듯한 새침한 표정을 하고 있는데?

……하지만 타카우지 양도 듣고 있을 심야 라디오 '만다리온 심야론'에서 청취자 응모 개그 코너를 듣다 보면 야한 농담도 꽤 많이 나온다. 나는 남자들만 들을 줄 알았는데, 그 방송의 청취자라면 야한 농담을 좋아한다는 것도 납득이 될 듯했다.

그때, 타카우지 양의 앞자리인 남학생 둘이 저질스러운 이야기를 하기 시작했다.

"요즘 거기가 가렵더라."

"거기?"

"거시기."

교실에서 너무 대놓고 얘기하는 거 아냐?

"푸흐읍."

그쪽을 보고 있던 나는 놓치지 않았다.

순간적으로 뺨이 부풀었던 타카우지 양이 애써 웃음을 참는 모습을.

그리고 훅, 이라는 소리가 들릴 만큼 조용히 원래의 새침한 표정으로 돌아가는 모습도.

……좋아하는 게 사실이었구나. 좋아한다기보다는 그런 게 웃음보따리의 약점인 건가.

의외네.

야한 농담을 좋아한다는 걸 몰랐다면 저렇게 빠르게 표정이 바뀌는 것도 못 알아챘을 거다.

그 정도로 빠른 변화였다.

저런 표정도 짓는구나. ……보기 드문 표정이라는 생각이 들었지만, 그뿐이었다.

통로 너머로 보이는 옆자리는 한없이 멀기만 하다. 말을 걸 엄두도 안 난다.

【겁쟁이】?【엑스트라】?【무사안일주의】?

전부 맞는 말이다.

그래. 스테이터스가 보이면 뭐 어쩌라고?

괜히 말을 걸었다가 미움이나 살 바에는 감정을 가슴에

묻어두는 게 낫다.

예쁜 옆얼굴을 다시 한번 흘끔 쳐다보았다.

…………하지만.

만약 내가 조금이라도 변한다면—— 성장한다면—— 대화를 나눌 수 있게 될까.

내가 볼 수 있게 된 의문의 표시는 역시 스테이터스라는 표현이 딱 어울리는 것 같아서 그렇게 부르기로 했다.

스테이터스는 같은 반 애들뿐 아니라 담임 선생님에게도 있었고 후배에 선배, 개를 산책시키는 아저씨에게도 있었으며 양다리를 걸치고 있다는 등의 비밀스러운 정보도 여럿 볼 수 있었다.

양다리나 바람을 피우고 있다는 건 증거를 댈 수 없고, 사랑싸움에 휘말리고 싶지도 않으므로 넘어가기로 했다.

오늘 마지막 수업……이라고 해봐야 HR이지만 그게 끝나자, 하루가 내 자리로 다가왔다.

"아카리~. 집에 가자~."

"응. 조금만 기다려."

다른 사람의 스테이터스를 보느라 집에 갈 준비를 하나도 안 했다.

하루가 "빨리빨리"라고 재촉했다.

"여태 뭐 하고 있었어?"

"생각 좀 하고 있었어."

어느샌가 같은 반 애들이 절반 넘게 줄어있었다. 다들 집에 가거나 동아리 활동을 하러 간 모양이다.

타카우지 양은…… 벌써 귀가 준비를 마쳤는지 가방을 책상에 올려놓고 그 안에서 스마트폰을 만지고 있었다.

같은 심야 라디오 청취자라는 걸 알아도, 타카우지 양이 야한 농담을 좋아한다는 걸 알아도 좀처럼 말을 걸 수가 없다.

상상만 해도 긴장된다.

나에게 타카우지 양은 '연애'를 의식하게 되고서 처음으로 좋아하게 된 사람이었다.

말을 거는 상상을 하자, 그때 고백을 하려다가 그만둔 선배에게 감정이입이 되어 더더욱 긴장됐다.

게다가 만약 선배와 같은 대응을 당하면 뼈도 못 추릴 거다.

무슨 고성능 요격 시스템도 아니고.

그 선배, 꽤 잘 생겼었는데.

난 그보다 한참 아래고.

그 광경을 떠올리니 고백은커녕 말도 못 붙여볼 것 같다.

그러니 포기하면 될 텐데.

하지만 눈으로 좇는 걸 그만둘 수가 없고, 이야기를 해

보고 싶다는 마음도, 다른 남학생이 말을 거는 걸 보면 가슴이 답답해지는 것도 막을 수 없었다.

"실례합니다~."

가벼운 투로 말하며 웬 3학년 선배가 교실로 들어왔다.

학교에서 타카우지 양만큼이나 유명한 미남 선배, 키도코로 선배였다.

"기다렸지? 집에 가자, 사아야."

키도코로 선배가 빙긋 웃으며 말했다. 사아야, 라고……?

아무리 학교 제일의 미남이라지만 타카우지 양의 고성능 요격 시스템이 있는 데도 느닷없이 들이대다니.

키도코로 선배는 모르는 걸 거다. 저 타카우지 양이 저런 태도를 용납할 리가 없다.

타카우지 양이 벌떡 일어났다.

"네, 그래요."

이봐아아아아아아아아! 나의(?) 요격 시스템은 죽어버린 거야?!

혼란에 빠진 나는 그야말로 방관자에 불과해서 타카우지 양은 가방을 들고 타박타박 키도코로 선배에게 다가가 "어디 들렀다 갈까?" "글쎄요" 따위의 친근한 대화를 나누며 교실을 떠났다.

"하루…… 방금 그건, 대체……?"

"응~? 사야 짱이랑 선배?"

"그, 그래. 요, 요격 시스템은, 죽은 거야……?!"
"아니, 무슨 소린지 모르겠거든? 저 둘 사귀잖아."

사귀잖아——?

"사귀잖아, 라는 게 무슨 뜻이야……?"
"아니, 말 그대로잖아. 연인 사이라고."

응, 끝났어——.
지금, 이 순간 끝났습니다.
나의 첫사랑이 강제 종료되었습니다.
학교 제일의 미남과 학교 제일의 미소녀가 사귀게 되어 해피엔딩.
그동안 성원해주셔서 감사합니다.

"아카리, 눈이 완전 퀭한데?"
하루가 걱정스러운 눈으로 내 얼굴을 들여다보았다.
"평소에도 이런데."
"아니, 이것보다는 생기가 있었던 것 같은데."
여보세요~? 라고 하면서 하루가 내 뺨을 쿡쿡 찔렀다.
평소 같았으면 '야, 하지 마'라고 하면서 피했겠지만, 그럴 기운도 없다.

엉덩이에 뿌리가 돋아난 게 아닌가 싶을 만큼 일어날 엄두가 안 났다.

하루가 가방을 뒤적거리더니 사탕 하나를 꺼냈다.

"사탕 먹을래?"

레몬 맛. 내가 좋아하는 맛이다.

"그럴 기분이……."

"그러지 말고. 아~앙 해봐."

먹여줄 생각이었는지 하루는 포장을 뜯어서 꺼낸 사탕을 내 입가에 가져다 댔다.

어느샌가 다른 학생들은 자취를 감춘 뒤였다.

거절하는 것보다 냉큼 먹어버리는 게 빠르겠네.

살짝 입을 벌리자, 사탕이 입에 들어왔다.

"기운 내~."

"무슨 소리야."

"아니아니아니…… 어. 진심으로 하는 소리야? 모를 것 같아? 나를 얕보는 거야?"

무슨 소리냐니까, 라고 나는 다시 한번 물었다.

"사야 짱을 러브했잖아?"

하루는 한 손으로 반쪽짜리 하트를 만들어 보였다.

"……그런 거 아냐."

"딱 봐도 엄청 침울해졌고 눈은 퀭하고 사람 말도 안 듣잖아, 그 정도는 알 수 있어."

시간 좀 걸리겠다고 생각했는지 하루는 옆자리에 앉았다.

"여차하면 있잖아, 내가 아카리를 받아줄게."

하루는 앞을 본 채 약간 빠르게 말하더니 사탕을 입에 던져 넣었다.

"왜 그렇게 되는데."

"만죽에도 맥아리가 없는 걸 보면, 이거 중증이네……."

진찰하지 마.

"배가 고파서 더더욱 기운이 안 나는 걸 거야, 분명."

"그런 걸까."

"그렇대도."

하루가 마음을 써서 말을 걸어주고 있지만, 나는 마음이 뒤숭숭해서 맞장구를 치는 게 고작이었다.

흐으음, 하고 신음하던 하루가 살며시 귓속말했다.

"팬티 볼래?"

"안 봐! 갑자기 뭐라는 거야, 깜짝이야……."

나는 엉겁결에 하루에게서 도망치듯이 거리를 벌렸다.

"아니 왜, 남자들은 이러면 기운이 난다고 트위터에 적혀 있기에 아카리도 그럴까~ 싶어서."

"SNS를 그딴 식으로 쓰지 마!"

나도 그런 글을 본 적이 있기는 하지만.

"뭐, 진짜로 보여줄 건 아니었지만. 아카리가 기운을 차렸으면 해서."

이히히, 하루는 장난스럽게 웃었다. 아무리 【순수】 속성이라도 그런 짓을 자진하지는 않겠지, 아마도. 하지만…….

"놀리지 마. 그리고 다리 꼬고 있어서 지금 팬티 다 보이거든?"

"뭐어어어어?!"

하루는 얼굴을 붉히며 스커트 자락을 내리더니 "떽"이라고 하면서 내게 장저를 날렸다.

"아얏?!"

"에로 바보리!"

그러더니 이제 보이든 말든 상관없어졌는지, 앉아있는 나에게 있는 힘껏 앞차기를 해서 나는 의자째로 요란하게 쓰러졌다.

"아야야……. 스커트를 그렇게 입은 네 잘못이잖아."

하루는 화가 난 건지 부끄러운 건지 모르겠지만 얼굴을 붉힌 채 흥분해서 연신 씩씩거렸다.

"팬티 보여주려고 짧게 입는 거 아니거든? 이러는 게 귀여워서 그러는 거거든?"

그런 식으로 무진장 화를 내고 있기는 하지만, 팬티는 흰색이란 말이지.

【순수】의 상징 같은 색의 팬티를 입다니.

옛날의 하루를 만난 것 같아서 훈훈해지고 말았다.

"미안미안. 갸루처럼 하고 다니지만, 그래도 내가 알던 하루구나."
"그야 당연하지."
"팬티 보니 안심이 되네."
"떽!"
"끄악?!"
또다시 맞은 나는 그제야 한숨을 내쉬며 의자와 자세를 바로 했다.
나를 공격하고 마음이 풀렸는지 하루는 그 이상 트집을 잡지 않았다.
교실을 나서자 하루가 물었다.
"어디서 점심 먹고 갈까? 아니면 그냥 집에 갈까?"
혼자 있으면 또 민달팽이처럼 꾸물거릴 것 같아서 집에 가는 길에 하루랑 적당히 때우기로 했다.
나는 멋대로 하루가 학교 제일의 마당발이라고 생각한다. 누군가가 불러내거나 본인이 불러내거나 해서 방과 후의 시간을 보내는 일이 많기 때문이다.
"다른 약속은 없어?"
"지금은~."
그렇다기에 나도 괜히 마음을 쓰지 않아도 됐다.
어느샌가 조용해진 복도를 걸어 출입구 쪽으로 향하던 중, 우락부락한 체격의 체육 교사가 모퉁이에서 불쑥 나타났다. 거뭇한 피부와 입을 열면 보이는 하얀 이 덕분에 멀리서도 알아볼 수 있었다.

"으엑! 마총이다!"

하루가 그렇게 말하며 내 등 뒤로 숨었다.

우락부락해서 마초, 마총이다. 참고로 학생지도 선생님이기도 해서 교칙 위반의 사도나 다름없는 하루의 천적이라 할 수 있었다.

· 사쿠라코지 시요

· 성장 : 정체

· 특징 / 특기

스포츠맨

실질강건*

헬창

코베 레이븐즈 팬

이름! 마총이라 부르다 보니 몰랐는데 격차가 엄청나잖아! 이름하고 이미지가 따로 노는데?!**

"어이, 세가와. 어딜 숨냐. 다 보인다."

거칠고 험상궂은 생김새의 마총이 눈살을 찌푸리며 이

*實質剛健, 꾸밈이 없이 성실하고 굳세고 씩씩함.

**'~코지'는 과거 귀족 사회에서 사용되던 성이다.

쪽으로 다가왔다.

체념했는지 하루는 내 등 뒤에서 나왔다.

"머리카락 색, 봄방학 중에 원래대로 하기로 선생님하고 약속했지?"

"그런 약속, 안 했는데요오."

하루가 시선을 피하며 그렇게 말하자 마총의 관자놀이에 힘줄이 불뚝 튀어나왔다.

"스커트도 지금 당장 원래대로 해라."

당연히 교칙을 위반한 하루가 잘못하긴 했지만, 누가 뭐라고 한다고 원래대로 할 거였으면 하루는 애초부터 이런 차림새를 하지 않았을 거다. 중학교 때부터 계속 이랬다.

그냥 패션이라고 볼 수도 있겠지만 하루의 정체성인 동시에 자기주장이기도 하다는 걸 나는 안다.

그래서 나는 옷차림새를 보고 뭐라고 할 생각은 없었다.

마총의 스테이터스는 뭐, 외모랑 일치하지만.

【코베 레이븐즈 팬】이라……. 코베에 있는 프로야구팀이었던가?

하루가 부루퉁한 얼굴로 한껏 걷어 올린 스커트를 원래대로 하고 있다.

이렇게 하는 게 귀엽다고 했었지.

눈에 익은 탓인지 나도 그 길이가 잘 어울린다고 생각한다.

마총이 지나가면 다시 좀 전의 길이로 되돌릴 거다.

"검은색 염색약도 준비해 뒀다."

"네에?!"

"쓸 일이 없기를 바랐지만, 약속은 약속이니까——."

"그런 약속 한 적 없어요!"

"아니, 했다. 선생님은 다 기억한다!"

교칙 위반은 나쁜 짓일지도 모른다.

하지만 그렇게까지 해야 할 일인가? 하루가 이 일로 다른 사람한테 민폐라도 끼쳤나?

"아, 선생님! 레이븐즈, 어제 이겼다면서요? 올해는 우승할 것 같아요?"

나는 엉겁결에 끼어들었다. 뜻밖의 인물이 말을 돌리자 흥분이 가라앉았는지, 마총은 눈썹을 치올리고 있던 표정을 풀었다.

"레이븐즈, 올해는 강하다면서요?"

"그래. 그렇지. 좋은 신인이 들어왔으니, 올해는 우승할 거다."

하하하, 기분 좋은 웃음소리가 복도에 울렸다. 나를 말이 통하는 녀석이라고 생각한 건지, 그 후 마총은 자신이 좋아하는 구단에 관한 이야기를 나불나불 늘어놓았다. 그리고 한참을 그러다가 하루를 불러 세웠다는 사실이 떠올랐는지 "다음 주까지 원래대로 하고 와라"라는 말을 남기고 떠나갔다.
"하아~~~."
나는 땅이 꺼지라 한숨을 내쉬었다.
"의외로 잘 통하네."
내가 생각해도 잘한 것 같다.
스테이터스에는 개인적인 취미와 좋아하는 것, 싫어하는 것이 표시되어서 그걸 이용하자 나도 쉽게 속여 넘길 수 있었다.
"아카리, 야구 좋아했던가?"
"아니. 저녁 스포츠 뉴스에 나오는 걸 우연히 본 거야. 레이븐즈 이야기를 꺼내니까 기분이 좋아져서 금방 돌아갔네."
긴장이 풀려서 나도 모르게 웃음이 났다.
"고마워, 아카리."
됐어, 라고 나는 대답했다.
그때였다. 내 몸이 은은히 빛나는 것 같았다.
이건……? 스테이터스를 보니 변화가 있었다.

· 키미시마 아카리
· 성장 : 급성장
· 특징 / 특기

엑스트라
소극적
무사안일주의
라디오 오타쿠
말재주가 좋음

【겁쟁이】였던 부분이 【소극적】으로 바뀌었다.

좀 나아졌다는 뜻인가……?

그리고 【말재주가 좋음】이 추가됐다.

적절하게 말을 맞춘 결과인 것 같다.

【급성장】이라는 건 아무래도 스테이터스의 성장이 빠르다는 뜻이었나 보다.

마총과 마주쳐서 잔뜩 기가 죽었던 하루도 평소처럼 돌아왔다.

"화 내는 마총한테서 구해주다니, 아카리도 제법이네."

응응? 하루는 히죽거리며 나를 팔꿈치로 쿡쿡 찔렀다.

"억지로 염색시키는 건 너무한 것 같아서."

학교에서 집으로 돌아가는 길에 들러서 점심을 먹을 수 있는 곳은 역 근처에 있는 패밀리 레스토랑밖에 없다.

우리는 늘 다니는 통학로를 벗어나 북적거리는 역 앞 방면으로 향했다.

"고마우니까 내가 쏠게."

"진짜로?"

무진장 갸루 같은 데다 교칙은 있는 대로 위반한 차림새인 건 물론이고 팬티 보인다는 걸 알려주자 나를 두들겨 패기는 했지만, 알고 보면 착한 녀석인 데다 옛날부터 알고 지낸 만큼 어울리기 쉽기도 하다.

기분이 좋아진 하루는 룰루, 통통 튀는 듯한 걸음걸이로 패밀리 레스토랑의 계단을 올라갔다.

위쪽을 흘끔 쳐다보니 가방으로 가렸다.

……대비는 늘 하고 있다는 건가.

"……아카리."

이쪽을 쳐다보던 하루와 눈이 마주쳤다.

"안 봤어! 안 봤다고!"

"팬티가 뭐 그렇게 좋다고."

하루는 어이가 없다는 듯이 중얼거리고는 다시 계단을 올라갔다.

순수한 하루가 남자의 마음을 어떻게 알겠는가.

또 발차기가 날아올 줄 알고 긴장했던 나는 가슴을 쓸어내렸다.

가게에 들어가 자리로 안내를 받았다.

하루는 스마트폰을 만지작거리며 오늘 있었던 일에 관해 말했고, 나도 마찬가지로 스마트폰을 만지작거리며 대화했다.

그러고 보니…… 하루는 교우관계가 바다만큼이나 넓다.

타카우지 양과 키도코로 선배에 관해 뭔가 알지도 모른다.

"저기 있잖아, 타카우지 양이랑 키도코로 선배가 사귀고 있다는 거, 진짜야?"

"응."

확인만 했을 뿐인데 날카로운 칼이 가슴 깊숙한 곳을 벤 듯이 아팠다.

으아…… 괜히 물어봤네.

그런 생각이 들었지만, 실연했다고 해서 타카우지 양에 관한 관심이 완전히 사라지는 것도 아니었다.

"언제부터?"

"며칠 전부터일걸? 꽤 최근 일이야."

"얼마 안 됐단 건가."

그야 그렇겠지. 1학년 때도 나는 타카우지 양과 같은 반이었지만 지금까지 방과 후에 데리러 온 남학생은 아무도 없었다.

주문을 받으러 온 점원에게 나와 하루는 같은 런치 세트를 주문하고 드링크 바 음료 기계가 있는 곳으로 향했다.

"저기 있잖아, 하루는 타카우지 양하고 친해?"

"보통."

보통이라.

돌이켜 보니 타카우지 양은 유독 친하게 지내는 사람이 없었던 것 같다.

띠이이이이이, 멜론 소다를 따르던 하루가 나직하게 말했다.

"그 두 사람에 관해 알아봐야 기분만 나빠질 거야."

갸루 주제에 옳은 소릴 하다니.

이런 식으로 질문을 계속 던지는 건 상처에 소금을 뿌리는 것과 같은 짓이다. 그건 나도 안다.

학교에서 제일 인기 많은 남녀가 사귀게 됐다――. 곁에서 보면 그건 자연스러운 일일 거다.

스테이터스에 보란 듯이 【엑스트라】라고 적혀 있는 내가 나설 일은 앞으로도 없으리라는 것도 안다.

"자자, 일단 마셔. 오늘은 내가 쏠게."

하루가 술을 권하듯이 멜론 소다를 내밀었다.

나는 쓴웃음을 지었다.

"쏘겠다고 한들, 어차피 드링크 바라 무한 리필이잖아."

"뭐어, 그게…… 저기. 내, 내가 있잖아. 힘들지도 모르지만――."

하루는 수줍은 투로 그렇게 말했다. 혹시 나를 위로하려는 걸까.

"미안, 난 오렌지 주스가 마시고 싶어서. 멜론 소다는 좀."

"분위기 파악 좀 해, 바보리!"

퍽, 발에 차였다.

"또 폭력 쓴다~. 이래서 갸루는 무섭다니깐."

"뭐어어? 그냥 죽어."

내가 농담하는 투로 말하자 하루는 흥, 하고 콧방귀를 뀌더니 언짢은 듯이 발소리를 내며 돌아갔다.

궁금하다는 이유로 타카우지 양과 키도코로 선배에 관해 캐물어 봐야 좋을 게 없다는 건 안다.

"그렇게 간단히 마음을 돌릴 수 있으면 누가 고생하겠냐고……."

나는 혼잣말을 중얼거리고는 오렌지 주스를 따라서 하루가 기다리는 자리로 돌아갔다. 얼마 안 가 주문한 요리가 테이블에 차려져서 나는 조용히 거기에 손을 댔다.

한동안 언짢은 눈치였던 하루도 안색을 살펴보니 기분이 풀린 듯했다.

"있잖아, 아카리. 선배랑 사귄다는 건 천천히 고려하고 고르고 골라서 선택한 사람이라는 뜻이잖아? 그렇게 평판이 좋은 선배는 아니지만 말이야, 나도 잘 어울린다고 생각해."

객관적으로는 납득하지 않을 수 없는 이야기였다.

무진장 인기 있다는 이야기는 자주 들었으니까.

타카우지 양은 왜 아무하고도 안 사귀는 걸까, 라고 생각한 적도 있었다. 혹시 나를 기다리는 건 아닐까? 라는 엉뚱한 망상을 하고는 이불을 찬 적도 있었다.

"이 얘기는 그만하자. 밥이 맛없어지잖아."

"그래……."

실연해서 힘든데도, 한숨밖에 안 나오는 데도 밥은 넘어간다.

마음과 몸은 별개라는 건가, 따위의 쓸데없는 생각을 하고 있었다.

톡톡, 하루가 신발 끄트머리로 내 발끝을 건드렸다.

"많이 힘들면. 내가, 그게…… 이, 잊게 해줄게."

"그래, 응……."

나는 듣는 둥 마는 둥 하며 아무렇게나 대답했다. 그러고 보니 타카우지 양의 스테이터스가 떠올랐다.

【학년 제일의 두뇌파】도 그렇고 【초고교급 미모】도 그렇고, 이미 반에서 공기나 다름없어진 내게는 그림 속의 꽃 같은 존재이긴 하지.

"그러고 보니 아까 평판이 좋은 선배는 아니라고 했지? 뭐라고들 하는데?"

"응~? 남자들은 잘 모를지도 모르지만 사귀다 금방 헤어지는 경우도 많아서, 원나잇충이라는 소문도 있더라고."

"하루 짱, 원나잇충이 뭡니까요."

곤충의 종류 같은 건가? 원나잇이면 하루만 살아? 하루만 사는 곤충을 말하는 건가?

"어, 몰라? 섹스가 목적이라는 뜻이야."
"생각했던 그게 아니었네. ——아니, 이게 아니고. 그 얘기 정말이야?"
야야야야, 그럼 사아아아아아알짝 얘기가 달라지잖아.
"옆 반 애도 그렇고 3학년 선배도 그렇고, 사귀고서 금방 헤어져서 그런 소문이 났대."
볼 장 다 보면 금방 헤어진다는 뜻인가.
용서 못 해……. 설마…… 하고 불길한 예감이 들기는 했지만…….
【야한 농담 좋아함】에 정신이 팔려있었지만, 그것 말고도 의외다 싶은 항목이 있었다.
【거절을 못 함】.
타카우지 양은 키도코로 선배가 끈질기게 꼬신 결과, 받아주기로 한 게 아닐까.
요격 시스템이 죽은 게 아니라, 그걸 개의치 않고 막무가내로 밀어붙이는 바람에 그 사악한 열의에 져버린 건 아닐까?
"타카우지 양은 그 소문을 모르는 거 아닐까?"
"그럴지도. 사야 짱도 그럴지는 모르겠지만 그래도 좋다는 애도 있거든."
"이상한 소문이 돌아도 사귀고 싶어 한다고?"
"자랑할 수 있잖아. 나 지금 너희가 동경하는 그 사람이랑 사귀고 있다~ 하고."

"여자들, 무서워……."

결국 얼굴이냐. 얼굴이 반반하면 약간의 옥에 티는 눈감아줄 수 있다, 이거야?

"뭐, 그런 애도 있을 테고, 단순히 잘 생겼으면 쓰레기라도 오케이~ 라고 생각하는 거 아닐까."

"하루도 그렇게 생각해?"

"난 아냐. 쓰레기는 절대로 싫어."

"순수하네. 갸루는 뚝심이 있어서 믿음이 간단 말이지."

박수를 보내고 싶어질 정도다.

"나는 왜, 그거야."

"그게 뭔데."

"얼굴은 중간이나, 조금 위 정도? 그 정도의 남자가 좋다고나 할까……."

의외네. 다들 미남을 좋아할 줄 알았는데.

"펴, 평균만 되면 되고, 성격이 중요하단 뜻이야!"

하루가 갑자기 얼굴을 붉히더니 큰 소리로 말했다.

"평균…… 참고로 나는?"

분위기에 휩쓸려 별 생각 없이 묻자, 하루는 여전히 빨간 얼굴로 허둥지둥 말했다.

"와, 완전 무리지! 진짜 완전 무리무리무진이거든?!"

"그렇게 강하게 부정할 필욘 없잖아……."

그냥 웃어넘길 줄 알았더니 완전히 정색하며 거절했다. 소꿉친구라고는 해도 이건 좀 충격이다. 아니, 그보다 무리무진은 또 뭐야.

이야기가 딴 데로 샜다.

하루의 말에 따르면 쓰레기라도 좋다는 여자는 있다고 한다. 그리고 타카우지 양은 그런 걸 신경 쓰지 않는 타입이 아닐까, 라는 말도 덧붙였다.

"그게 아니면 사야 짱은 친구가 적은 편이라 그냥 모르는 거 아닐까?"

그렇다면 분명 원나잇충 미남 선배라는 걸 모르고 끈질기게 들러붙어서 오케이 해준 걸 거다.

지금도 어딘가에서 방과 후 데이트를――.

"……헤어지게 해야 해."

"음?"

포크를 입에 문 채 하루가 의아하다는 듯이 고개를 갸웃했다.

"타카우지 양을, 선배한테서 탈환하겠어."

이번에는 눈이 휘둥그레졌다.

"어, 어째서?"

"타카우지 양은 키도코로 선배가 들러붙어서, 막 밀어붙여서 어쩔 수 없이 사귀는 거야."

"아카리, 망상 좀 적당히 해……."

하루가 어이가 없다는 듯이 쳐다봤지만 상관없다.

내 망상에 불과하다면 괜찮다.

하지만 타카우지 양이 마수에 걸려들어 상처 입는 건 보고 싶지 않다.

"그런고로 선배한테서 타카우지 양을 탈환하려고 해."

"탈환하겠다니…… 꼭 자기 거라는 식으로 말한다?"

"자잘한 건 넘어가!"

"그냥 소문일 뿐일지도 모르고, 사야 짱을 엄청 아껴줄지도 모르잖아."

"그럴 리가 없어!"

"그냥 단언해 버리네."

"……………………근데, 무슨 수로 헤어지게 하지?"

"내가 알아?"

하루는 어이가 없다는 얼굴로 멜론 소다에 입을 댔다.

탈환하겠다고 말하기는 했지만 내가 뭘 할 수 있을까.

키도코로 선배의 스테이터스를 봐둘 걸 그랬다. 충격이 너무 커서 거기까지 생각 못 했다.

"하루~, 타카우지 양한테 그 소문을 알려주면 안 돼?"

"싫어. 게다가 나 같으면 남친에 관한 나쁜 소문을 굳이 알려주는 애 말은 안 믿어."

"진짜 뚝심 있구나, 너…… 존경스럽다."

"당연한 거거든?"

하루는 의기양양하게 대꾸했다.

타카우지 양이 키도코로 선배를 싫어하게 되면 좋겠지만, 약점이 될 만한 건 아무것도 모른다.

그 약점을 내가 알아낸다 해도 하루가 말했듯이 악평이나 퍼뜨리는 녀석과 사귀고 있는 남자친구 중 누구를 믿겠는가.

"아카리는 사야 짱이 걱정되고 또 걱정돼서 죽을 지경인가 보네."

"응? ……그렇긴 해."

대놓고 인정하려니 뭔가 쑥스러워서 나는 엉겁결에 눈을 돌렸다.

잠시 침묵이 흐른 후, 하루가 살며시 미소를 지었다.

"아카리가 친해지면 되잖아. 이미 끝났다는 걸 알면서도 포기가 안 된다면 납득이 갈 때까지 해 봐."

"하루……."

내가 친해진다── 그게 정공법이긴 하지…….

"그런 정정당당한 방법이라면 나도 응원할게."

"고마워, 하루."

"더는 안 되겠다 싶으면 언제든지 위로해줄게."

이 녀석, 진짜 좋은 녀석이구나.

"아, 위로해준다고는 했지만, 이상한 뜻은 아니야!"

"아직 아무 말도 안 했어."

"그, 그래……? 아카리가 이상한 상상을 할 것 같아서."
"그런 생각을 하는 녀석이 제일 엉큼한 거거든?"
퍽, 하루가 발끝으로 내 정강이를 찼다.
"아얏?!"
"나, 애들이 생각하는 것만큼 엉큼하지 않거든?"
또 기분이 언짢아진 하루는 내 정강이를 몇 번 더 걷어 찼다.
"알고 있어."
스커트는 무진장 짧고, 허벅지는 다 내놓고 다니고, 팬티는 흘끔흘끔 보이고 가슴도 큰 갸루지만, 【순수】 속성이 붙어 있으니 분명 그렇겠지. 겉모습 때문에 손해 보는 타입이다.
"그러면 우선 대화하는 연습부터 해야겠네."
그랬다. 난 제대로 대화를 해본 적도 없었다.
요전에 고백 장면을 보고는 나도 저렇게 되는 게 아닐까, 싶어서 말을 걸 수가 없었다.
미움을 살 가능성이 있다면 말도 안 붙이는 게 낫다.
멀리서 보는 걸로 만족하자——.
그게 타카우지 양에 대한 나의 자세였다.
그 상태로는 절대 친해질 수 없다. 좋아하는 사람을 누군가한테 빼앗겨도 할 말이 없었다.
"무리일지도 모르지만, 노력은 해볼게."

"그래…… 진심이구나."
내 결의표명을 들은 하루는 난감한 듯이 웃었다.

"……왜 우리 집인데?"
"패밀리 레스토랑보다는 분위기가 나잖아."
하루는 아무렇지 않게 설명했다.
패밀리 레스토랑을 뒤로하고 찾은 곳은 내 방이었다.
하루가 마지막으로 우리 집에 온 게 언제더라. 기억에 따르면 최소한 2년은 더 된 것 같다.
"오랜만에 방에 들어왔네. ……아카리 냄새가 나."
킁킁, 하루는 내 방의 냄새를 맡고 있다.
"우와~ 하루, 방금 한 말은 진짜 변태 같았어!"
"뭐어어어?! 어디가!"
하루는 지적한 내 손가락을 탁, 쳐냈다.
정기적으로 환기하니 이상한 냄새는 안 날 텐데.
"그럼 얼른 해보자."
침대에 앉은 하루의 정면에 나도 의자를 끌고 와서 앉았다.
"나를 사야 짱이라고 생각하고 말 걸어 봐."
하루가 타카우지 양…….
너무 달라서 전혀 상상이 안 되지만, 이건 연습이니 상관없나.

"으음…………………… 오늘, 날씨가 좋네……."

"그러게."

""…………."""

아, 대화가 끊겼다.

"아카리 군, 아카리 군, 날씨 얘기는 좀 아니야."

하루가 진지한 눈빛을 한 채, 빌어먹게 진지한 목소리 톤으로 주의했다.

"누구에게나 통하는 만능 토크 주제 아니었어?"

"누구에게나 통해서 그렇게 몇 초 만에 끊긴 거잖아."

듣고 보니 그러네.

"하루는 친한 친구가 많잖아? 어떻게 친해졌어?"

"그 펜 귀엽다, 어디서 샀어~? 하고 눈에 띄는 걸 칭찬하거나."

"흠흠. 좀 더 알려줘, 그런 거."

"공통된 지인에 관한 이야기…… 선생님 얘기 같은 게 잘 먹혀. 푸념 같은 거. '마총 겨드랑이 냄새 쩔지 않아? 나, 옆으로 지나갈 때 숨 참았잖아. 개웃겨, 진짜' 같은 식으로."

"오오오오~! 대화할 맛 나겠다!"

커뮤니케이션 능력 끝내주네에에에!

"이건 내 얘기지만, 누가 말을 걸어주면 기분이 좋아. 그래서 되도록 내 쪽에서 말을 걸려고 하고 있어."

쑥스러운 듯이 하루는 목덜미를 긁적거렸다.

내 소꿉친구는 완전 갸루지만 무진장 좋은 애였구나…….

"아카리는 뭐 없어? 공통된 화제."

공통된 화제가 있으면 사람은 친해지기 쉽다——.

나의 직감은 틀리지 않았던 모양이다.

"사실은 나, 라디오 방송을 좋아해."

"라디오 방송?"

이건 아무에게도 말한 적 없는 나만의 취미였다.

소꿉친구인 하루가 어리둥절할 만도 했다.

"그래. 연예인 중에 만다리온이라는 콤비를 알아?"

"아아, 응. TV에 꽤 많이 나오잖아."

'만다리온'은 떡밥 담당인 혼다와 딴죽 담당인 미츠다, 통칭 밋츤으로 구성된 30대 남성 콤비로 최근 TV에도 자주 출연한다.

"그 둘이 늦은 밤에 하는 '만다리온 심야론'이라는 라디오 방송을 특히 좋아해서 자주 들어."

마니아들끼리는 '만심'이라고 줄여 부르는 경우가 많다.

그 말을 들은 하루는 헤에~ 하고 덤덤한 반응을 보였다.

내가 멋대로 상상한 거지만 라디오 방송 듣는 게 취미라고 하면 일반적으로 어두운 이미지를 떠올릴 것 같아서 지금껏 아무한테도 말하지 않았다. 옛날 사람들이 그런 선입견을 품고 애니메이션 오타쿠를 봤다고 하니 말이다.

개인적으로는 인지도가 서브컬처 계열의 취미보다 바닥인 마이너한 취미라고 생각해서 입 밖에 낼 기회도 없었다.

어쨌든 하루는 편견이 없는 것 같아서 다행이다.

"그걸 동영상이나 인터넷 방송 보듯이 집중해서 듣는 거야?"

"응. 매주 수요일 새벽 한 시부터 하는 걸 실시간으로 들어."

"그래서 졸려 보인 거구나……. 난 애니메이션 보느라 그러는 줄 알았어."

"애니메이션도 보기는 하지만, 실시간으로 볼 만큼 좋아하지는 않아."

"그 방송이 그렇게 재미있어?"

관심을 보이면 설명하는 게 인지상정.

아닌 게 아니라 다른 사람한테 방송에 관한 이야기를 하는 게 처음이라 입이 근질근질했다.

어흠, 나는 헛기침을 한 번 했다.

"우선 밋츤과 혼다, 이 두 사람이 이번 주에 있었던 일이나 신경 쓰였던 일에 관해 떠드는 것뿐인데——."

"밋츤이 어느 쪽이야? 왼쪽에 서는 사람?"

좌우로 묻는 걸 보면 아마 만담할 때 서 있는 위치를 말하는 모양이다.

"밋츤은 화면상 오른쪽, 딴죽 담당이야. ……아무튼 TV

에서는 말하지 않은 개인적인 이야기를 하거나 난감했던 일상적인 사건에 관해서 이야기해."

"……?"

하루는 그게 뭐가 재미있는데? 라고 묻고 싶은 듯한 표정이었다.

생각은 해도 직접 묻지 않는 걸 통해서 타인을 존중하는 하루의 대인 관계 스킬이 얼마나 뛰어난지를 알 수 있었다.

"아니, TV에 마구 출연하는 연예인한테도 평범한 고민이나 난감한 일이 있기 마련이라고, 당연한 이야기지만. 친근감이 느껴지는 데다, 아무래도 연예인이다 보니 말재주도 좋거든."

"흐음……."

"나도 모르게 '그래, 맞아~'라는 소리가 저절로 나온다니까?"

하루의 표정은 꿈쩍도 안 했다.

그렇다면…….

"어제 방송, 들어볼래? 앱으로 들을 수 있는데."

"아니, 그렇게까지 궁금하진 않아."

직접 들려주는 게 빠르겠다고 생각했는데 이렇게까지 딱 잘라 거절할 줄이야.

내 설명 기술이 형편없어서 하루가 이런 반응을 보이는

걸 거다. 재미있는데 말이지.

"으음~. 본론으로 돌아가서."

"돌아가지 마. 아직 얘기 안 끝났어."

"이 이상 들으면 길어질 것 같으니까 됐어."

난 아직 할 말이 많은데.

이야기해도 된다고 해서 이제 시동이 걸린 참이라 더더욱 떨떠름했다.

"……뭐, 마음 내키면 들어 봐. 타카우지 양은 아마 만심 청취자 같으니까 이게 공통 화제가 되지 않을까 싶어."

"그걸 어떻게 알아?"

"굿즈를 갖고 있었으니까."

"그렇다고 해서 아카리처럼 열성적일지 어떨지는 모르는 거잖아. 디자인이 마음에 들어서 산 것뿐일지도 모르고."

"아."

그럴 수도 있는 건가———?!

"좀 전처럼 잔뜩 흥분해서 말을 걸면 사야 짱은 물론이고 나조차도 식겁한다고."

"하루를 식겁하게 할 정도면 심각하네."

"왜 갑자기 냉정해지는 건데……."

내가 남의 일처럼 말하자 하루는 한숨을 내쉬었다.

"하지만 계기는 될지도 모르겠네. 그거 어디서 샀어~? 같은 식으로 운을 뗄 수도 있으니까."

“그 굿즈가 말이야, 방송 200회 기념으로 만든 한정 스티커인데, 무진장 촌스러워.”

“초, 촌스러워?”

하루가 얼굴을 찌푸렸다.

갸루에게 촌스러운 것은 금기인 탓이리라.

“방송 중에 밋츤이랑 혼다도 ‘이런 걸 누가 사’라느니 ‘왜 이딴 데 예산을 쓴 거야’라면서 웃었거든.”

“……그런데 사야 짱은 갖고 있었고?”

“응. 그렇게 촌스럽다면 나도 갖고 싶었는데.”

“가치관이 일그러진 것 같은데.”

“방송을 사랑하기에 일그러진 거야. 그러니까 타카우지 양도 그렇지 않을까 싶어.”

“그러면 그냥 말 걸어도 되겠네.”

“어, 어엉…….”

실제로 말을 거는 모습을 상상하자 아직도 긴장이 됐다. 그날 보았던 고백 장면의 잔상이 뇌리에 박혀 사라지질 않는다.

“쫄지 마~. 마층도 격퇴했는데, 사야 짱한테 말 거는 정도는 아무것도 아니잖아.”

하루가 웃으면서 가벼운 투로 말했다.

“사야 짱도 사람이니까 평범하게 말을 걸면 평범하게 대답할 거야.”

그래, 맞아. 나는 응, 하고 힘껏 고개를 끄덕였다.

"심야 라디오 청취자 중에 나쁜 녀석은 없으니까."

"무슨 종교도 아니고……."

말을 걸 계기와 작전을 정했으니 바로 연습을 개시했다.

"타카우지 양, 그거, 라디오 굿즈 스티커 아냐……?"

"맞아~."

타카우지 양은 저렇게 가볍게 답하지 않을 테지만, 뭐 됐어.

"나, 나도 그게, 라라라디오 방송, 실시간으로 듣고 있는데…… 저기."

"……징그러운 동정 같아."

하루가 나직하게 중얼거렸다.

"뭐?"

"……징그러운 동정 같아."

두 번이나 딱 잘라 말했어!

"이거 나더러 상처받으라고 말한 거지?!"

답답하다고 까는 정도가 아니라 그냥 욕이잖아.

"갑자기 우물거리고 말도 빠른 게 기분 나빴어."

"막상 하려니까 긴장돼서 그래. 그리고 동정 아니거든?"

머릿속으로는 벌써 백 번 정도 했거든?

"뻔한 거짓말을……."

"그리고 연습이니까 우물거리는 건 괜찮잖아."

그 후, 나는 하루를 상대로 30분 정도 연습을 했다.

청취자였을 경우와 아닐 경우, 두 가지 패턴에 대한 대응을 궁리해서 연습했고, 하루도 "이만큼 했으니 괜찮겠지"라면서 합격점을 줬다.

"분위기 나빠질 게 걱정되면 내가 끼어들어서 도와줄까?"

하루가 그렇게 말했지만 나는 거절했다.

하루에게 너무 의지하는 것 같아 미안하기도 했고, 이건 어디까지나 내 일이고 하루는 거의 상관이 없기 때문이다.

하루와 타카우지 양이 친하다면 도움을 받았을지도 모르지만, 하루도 보통이라고 했으니까.

"그럼 나는 이만 갈게."

하루가 집으로 돌아가고서 한숨을 돌리고 멍하니 있자, 밖에서 창문으로 나를 발견한 하루가 손을 흔들어 주었다.

우왕좌왕하지 말 것, 우물대지 말 것, 빠르게 말하지 말 것.

나는 등교한 뒤로 계속 그렇게 나 자신을 타일렀다.

통로를 사이에 두고 옆자리인 타카우지 양에게 말을 걸 타이밍을 엿보고 있었는데, 좀처럼 기회가 오지 않았다.

예쁜 옆얼굴에 하얗고 가느다란 손가락. 이쪽을 쳐다보려는 것 같기에 순간적으로 시선을 돌리고 말았다.

키도코로 선배랑 어제 뭘 했을까.
그것도 신경 쓰인다.
하지만 그런 걸 물어보면 '너랑 무슨 상관인데?'하고 떼쳐낼 것 같으니, 처음부터 그러지는 말자.
어제 했던 연습대로 말을 걸기만 하자.
이상적인 전개는…….
『아, 타카우지 양, 그거 만심 방송 굿즈 아냐?』
『어? 어떻게 알았어?』
『나도 자주 듣거든. 타카우지 양도?』
『응. 사이좋은 두 사람의 이야기가 재미있어서…….』
『맞아~.』
……대충 이렇다.
이 시나리오는 그녀가 가진 굿즈에 관해 '지금' 알아채야 한다. 되도록 자연스럽게 연출하고 싶다.
스킬을 익혀서 그런 건지 아니면 연습을 한 덕분인지, 라디오 방송에 관해 이야기하기로 마음먹으니, 심리적으로 이전보다 말을 걸기가 쉬워진 기분이 들었다.
【겁쟁이】에서【소극적】으로 변화한 덕분일지도 모른다.
긴장은 되지만 이전만큼은 아니야……!
"사야 짱, 다음 수업 뭐였지?"
"현대 국어야."
다른 여자애와의 대화가 끝나자, 근처에 아무도 없는 틈이 생겼다.

우왕좌왕하지 말 것, 우물쭈물하지 말 것, 빨리 말하지 말 것――.

지금이다.

"저, 저기, 타카우지 양."

두근, 두근, 관자놀이에 맥박치는 게 느껴졌다.

"왜?"

예쁘고 귀여운 요소가 응축된 얼굴을 보니 넋이 나갈 것만 같다.

의아하다는 듯이 고개를 갸웃하는 몸짓도 그림 같아서 꼭 드라마의 한 장면을 보는 것 같다.

똑바로 나를 바라보는 타카우지 양을 쳐다보고 있기가 힘들다. 그때, 어제 하루가 해준 조언이 귓가에 되살아났다.

'시선 피하지 말 것. 눈을 쳐다보고 대화할 것. 이건 상식이거든?'

요격 시스템의 포문이 일제히 나를 바라보는 게 느껴졌다.

대화의 선택지를 잘못 고르면 일제 포격으로 너덜너덜해질 것 같다.

그만큼 머릿속으로 반복 연습을 했건만, 대사가 다 날아가 버렸다.

하루가 걱정스러운 얼굴로 이쪽을 흘끔거리는 게 시야 끄트머리에 보였다.

묘한 침묵이 깔린 가운데, 나는 간신히 굿즈인 스티커를 가리키며 입을 열었다.

"그거."

"이게, 왜?"

"라디오, 방송……."

더듬더듬, 어찌어찌 말이 나오고 있다.

좋아하는 사람의 얼굴을 정면으로 보자 긴장감과 쑥스러움 때문에 얼굴이 달아오르는 게 느껴졌다.

"나도 좋아하거든, 그 방송."

"그래?"

…….

……………….

타카우지 양은 다음 수업 준비를 하기 시작했다.

어, 어라? 새, 생각했던 반응과 다른데?!

대화가 끊길 분위기가 흐르기 시작했다.

머리로 생각한 걸 스마트하게 실행할 수 있었다면 애초부터 나는 이렇게 되지 않았을 거다.

스마트하게 가는 건 포기하자.

우왕좌왕하고, 우물거리고 말이 빨라져도 괜찮다. 하나뿐인 공통 화제를 이렇게 날리지 마, 아카리.

"저, 저기, 두 사람이 얘기하는 거, 재미, 재미있지……? 요전에 밋츤네 집 욕조가 망가졌다는 이야기, 실시간으로 듣고 무진장 웃었는데——.”

아. 어제 나만큼 열렬한 팬이 아니면 식겁할 거라는 주의를 들었었는데.

정신이 돌아온 순간이었다.

아름다운 도기처럼 무표정한 타카우지 양의 눈이 가늘어지더니 쿡, 하고 웃었다.

“그 부분은, 나도 웃었어.”

“그, 그렇지? 나나나나나도, 엄청, 우우, 웃었어. ——마지막 부분에 밋츤이 하는 개그 코너도 재미있고.”

“나도 그거 좋아해.”

나는 지금, 타카우지 양하고 대화하고 있다. 엄청난 일을 해내고 있다는 달성감이 느껴진다.

“그 코너, 꽤 야한 농담이 많은데, 여자들도 웃겨?”

아니, 라고 하더니 타카우지 양은 그곳에 답이 있는 것처럼 허공을 쳐다보며 말을 이었다.

“……상황에 따라 달라.”

“늦은 시간이기도 하고, 내용도 그래서 남자만 들을 줄 알았는데, 타카우지 양처럼 귀여운 여자애도 듣는다는 걸 알고 깜짝 놀랐어…….”

타카우지 양은 긴 속눈썹을 움직여 눈을 깜박거렸다.

“고, 고마, 워…….”

작은 목소리로 고맙다고 하더니 고개를 돌렸다.

"응. 어?"

이상한 반응이었다.

나, 방금 뭐 이상한 소릴 했던가……?

…….

…………………

했네?! 징그러운 소릴 했어!!

"아아아아아아아니, 아니아니아니, 귀엽다는 건 그게 이상한 뜻이 아니고! 객관적으로, 그게, 그런 평가가 일반적이라는 거고──!"

허둥대지 않을 수가 없어서 이상한 소리가 마구 나왔다.

"질리도록 들었겠지만── 그게."

타카우지 양은 도리도리 고개를 가로저었다.

"미, 미안해. 나도 놀라서……. 얼굴을 마주하고 그런 말을 듣는 데는 익숙지 않아서, 어떻게 반응해야 할지 잘 모르겠거든……."

머리카락을 귀 뒤로 넘기는 게 버릇인지, 아니면 겸사겸사 손으로 얼굴을 가리고 싶은 것인지, 어쨌든 슬쩍 보인 뺨이 조금 붉어져 있었다.

"타카우지 양이 귀엽다는 말에 익숙지 않은 세계가 존재해????"

단순한 의문이었다. 고백받을 때 듣지 않았어?

교실 어딘가에서 "무슨 종교도 아니고……"라는 말이 들려왔다.

“이, 있어…… 존재, 한다고…….”

타카우지 양의 목소리가 점점 작아지면서, 빰이 달아오르듯 화아아아악, 붉어졌다.

뭐야, 그 반응. 귀여워.

“보통 본인 앞에서 그런 말은 안 해…….”

실수했다.

하지만 요격 시스템은 작동을 안 하는 것 같은데?

“미안. 다른 청취자를 본 적이 없다 보니 이것저것 떠들고 싶어서…….”

타카우지 양은 고개를 푹 숙인 채 다시 도리도리, 가로저었다.

“나도, 실제로 만난 건, 처음이라…….”

트위터나 다른 SNS를 보면 청취자는 널리고 널렸다. 하지만.

“““기뻐서 그만…….”””

타카우지 양과 말이 겹쳤다.

그게 쑥스러웠는지 타카우지 양은 더더욱 어깨를 작게 움츠렸다.

말을 걸기 전과 후의 이미지가 너무도 달랐다.

고작 하나뿐이지만, 공통 화제가 있어서 다행이라고 나는 진심으로 생각했다.

상대가 좋아하는 사람이라서 그렇기도 하지만, 애초에 나는 같은 취미를 가진 사람과 이야기를 나누는 게 처음이었다.

책상 옆에 걸려 있는 타카우지 양의 가방이 문득 눈에 들어왔다.

약간 떨어져 있기는 하지만, 일단은 내 옆자리다.

몇 번인가 본 적 있는 가방에 못 보던 것이 붙어 있다.

"어, 그거……?"

키홀더.

공식 사이트에서 얼마나 촌스럽게 생겼나 확인한 적이 있으니 틀림없다.

현재까지는 어느 청취자에게만 증정된 키홀더였다.

"그건 '만심'의 연간 MVP 엽서 장인에게 증정하는 굿즈인데……?"

라디오 방송에 실시간으로 감상 메일을 보내거나 응모 중인 코너에 메일을 보내거나 하는 사람을, 예로부터 이어진 관습에 따라 지금도 엽서 장인이라고 부르고 있다.

그날 방송에서——.

『연간 MVP로 뽑힌 '우지차'에게는 시답잖은 굿즈를 보내드리겠습니다. '우지차' 축하혀야.』

『시답잖다고 하지 말라니께. 볼품없는 것뿐이잖여.』

『나보다 너가 더 심한 말 한 거거든? 내가 말한 '시답잖은'은 겸손의 표현이구먼. 별것 아니지만, 같은 뜻이랑께. 봐봐야. 부스 밖에 있는 스태프, 니 말 듣고 섭섭해 허고 있잖여.』

그런 대화가 오갔더랬다.

"엽서 장인인 '우지차' 님……?"

내가 다시 한번 말하자 타카우지 양은 냉큼 그걸 감췄다. 하지만 나 같은 열혈 청취자 앞에서 그래 봐야 이미 늦었다.

【야한 농담 좋아함】이라는 항목은 그런 의미이기도 했던 건가.

엽서 장인 '우지차'.

'만다리온 심야론'에서 사연이 자주 뽑히는 엽서 장인으로 그 사람이 보낸 메일 중에는 야한 농담이 많다.

타카우지 양은 쭈뼛거리며 내 눈치를 봤다.

"이건, 누구한테 받은 거야."

"그렇게나 저질스러운 얘기를 보내는 엽서 장인이, 미소녀였다니……."

"사람 잘못 본 거야."

흑, 하고 새침한 표정을 지었지만 그래봐야 소용없거든요.

"그, 그리고, 미소녀, 아닌, 데요……."

쑥스러운 듯이 기어드는 목소리로 부정하는 것도 잊지

않았다.

"'우지차' 님, 투고하신 개그는 늘 즐겁게 듣고 있습니다."

"그만해. 그 이름은 꺼내지 마."

날카로운 눈빛에 순간적으로 몸을 움츠릴 뻔했다.

하지만 틀림없다. 청취자 닉네임 '우지차'. 지난 반년간 개그 메일로 자주 채택된 엽서 장인이다.

방송 중 만다리온도 '우지차'의 개그를 읽고 폭소하기도 했고, 방송 후에는 방송 태그로 트위터에서 검색을 해보면 '우지차'가 보낸 개그에 관한 호의적인 감상도 많이 보였다.

"이번 주에도 메일이 뽑혔더군요."

"글쎄 사람 잘못 본 거라니까."

"성(性)의 잡지식 같은 내용으로 시작하는 개그 메일, 무진장 재미있었어요."

살기마저 느껴지던 타카우지 씨의 눈매가 서서히 부드러워졌다.

"저는 계속 남자가 보내고 있는 줄 알았거든요. 여자라면 그런 식으로 운을 뗄 수도 있구나, 싶어서 납득했습니다."

아주 싫지만은 않은지 쿨하기만 했던 타카우지 양이 서서히 의기양양한 표정을 짓기 시작했다.

"채택률은 얼마나 되나요?"

참고로 나도 보내본 적이 있다. 2년 동안 청취하며 20통 정도를. 하지만 한 통도 채택된 적이 없다. 방송에서 슬그

머니 매주 백 통 정도가 들어온다고 했으니 채택 경쟁률은 상당할 거다.

"한 80% 정도는 되려나."

"우와아……!"

"후흐응."

기어이 으스대는 표정을 짓고 말았다.

"저기. 키미시마 군, 어째서 존댓말을 쓰는 거야?"

"'우지차' 님을 존경하니까요. 본인이라고 생각하니 저도 모르게 존댓말이 나온다고나 할까요."

이미지 차이가 너무 큰 탓인지 내 머릿속에서는 아직 타카우지 씨와 '우지차' 님이 동일인물이라는 공식이 성립되지 않았다.

타카우지 양이라고 생각하면 반말을 할 수 있지만.

"'우지차' 님, 사, 사인 좀 받을 수 있을까요……?"

"어, 어――? 내, 내 사인?"

타카우지 양은 눈이 둥그레져서 자신을 가리키며 물었다.

"네, 맞아요."

"어, 어쩌지……. 사, 사인 같은 거 안 해봤는데."

수줍은 미소를 지은 채 타카우지 양은 펜 케이스에서 사인펜을 꺼냈다.

그나저나 이제 부정을 안 하네.

나는 '그러면 여기에'라고 하면서 노트의 마지막 페이지를 펼쳐서 건넸다.

스슥스슥, 타카우지 양은 망설임 없이 사인을 했다.

"여기."

"감삼니다."

노트를 돌려받을 때, 졸업증서를 받을 때만큼이나 공손하게 받았다.

어떤 사인일까.

확인해 보니 예쁜 글씨체로 '타카우지 사아야'라고 적혀 있었다.

"……."

"처음 한 거라 잘 된 건지 모르겠지만, 첫 사인이야."

그러면서 만족스러운 미소를 지었다.

남자라면 누구나 가슴이 뛸 미소일 테고, 원래대로라면 나도 들떴겠지만, 상황이 상황이었다.

가슴이 뛰기보다는 실망감이 컸다.

"이게 아니야, 타카우지 양……."

"어, 어, 어, 아니라니?!"

타카우지 양이 수상한 사람처럼 허둥대기 시작했다.

"연예인이 사인을 할 때 본명을 쓰진 않잖아?"

"드…… 듣고 보니 그러네."

납득하신 모양이다.

"이, 일개 청취자에게 사인을 해달라고 하는 쪽이 이상하다고 생각해."

에에에엑…… 적반하장으로 나오다니.

실수해서 부끄러운 걸 버럭 화를 내듯이 말해서 얼버무리려는 모양이다.

기분이 상했는지 타카우지 양은 고개를 홱 돌리고 말았다.

……자기가 잘못해놓고 도리어 화를 내는 모습도 귀여우니 봐주자.

남학생 중 누가 "선생님 왔다"라고 하면서 허겁지겁 자리에 앉았다.

아아, 쉬는 시간이 끝난다.

마지막으로, 정말 마지막으로 내 마음을 또렷하게 전해야지——!

"앞으로도 응원하겠습니다. 매주 방송 시간만 기대하고 있거든요."

그게 나의 솔직한 마음이었다.

타카우지 양은 이쪽을 흘끔 쳐다보더니 한 손을 내밀었다.

"악수 정도라면 해줄 수 있어."

"부탁드립니다."

살짝 으스대는 타카우지 양의 손을 두 손으로 잡았다.

"메일 투고 열심히 해주세요."

"네가 말 안 해도 열심히 할 거야."

손을 놓은 순간 선생님이 와서 수업이 시작되었다.

노트 마지막 페이지에는 예쁜 글씨가 적혀 있다.

생각했던 것보다 훨씬 많이 얘기했다. 꿈만 같은 시간이었다.

게다가 '우지차' 님이랑 악수도 했고.

…………응?

'우지차' 님이랑 타카우지 양이 동일인물이니…….

나는, 타카우지 양의 손을 잡은 셈인가?

타카우지 양이라고 생각했으면, 아마 분명 악수를 할 엄두도 안 났겠지.

2 동지

오후 HR에서 올 한 해 반을 이끌 학급 위원회 멤버가 정해졌다.

처음에만 해도 나는 '미화위원이 편하니까 그거 하자~'라고 한 하루를 따라서 그렇게 할까, 했지만 상황이 바뀌었다.

"우선 남녀 반장을 정하고, 그 두 사람을 도울 위원을 정하려고 합니다"라고 선생님이 말하자 어수선하던 교실이 쥐 죽은 듯이 고요해졌다.

귀찮아 보이는 일을 하고 싶어할 사람은 없기 때문이다.

"본인이 하고 싶거나 추천하고 싶은 사람~?"

난감한 듯이 선생님이 말하자 한 여학생이 손을 들었다.

"사아야가 성적도 좋으니 제격일 것 같은데요~."

모두가 인정하는 우등생인 타카우지 양에게 시선이 집중되었다.

"타카우지 양이라면 잘해줄 테니, 괜찮을 것 같아."

남학생 중 누가 말하자 타카우지 양의 새침한 얼굴에 살짝 먹구름이 낀 듯 느껴졌다.

떠맡기려는 게 아니라 나도 제격이라고 생각한다.

하지만 본인은 그렇게까지 하고 싶지 않은 눈치다.

그 후, 귀찮으니 떠맡겨 버리자고 생각한 것인지 남녀를 불문하고 몇 사람이 타카우지 양을 추천하겠다고 말했다.
"타카우지 양, 어떠니? 작년에도 했던가?"
"……네."
타카우지 양은 그렇게 답하더니 곰곰이 생각하듯이 입을 다물었다.
【거절을 못 함】이라는 스테이터스의 항목대로 같은 반 학생 중 절반 정도가 추천하는 바람에 싫다는 말을 못 하는 걸지도 모른다.
반장은 남자와 여자, 두 사람을 뽑는다.
지금 내가 후보로 나서면 그 즉시 결정될 거다.
그렇게 되면 내가 여학생 중 누군가를 지명해서 그 사람이 맡게 될 것이다. 그러면 타카우지 양은 안 해도 되지 않을까?
거절 못 하는 타카우지 양이 무진장 난처해하고 있다.
거창하게 구해주자고 생각한 건 아니지만, 하기 싫다는 사람에게 억지로 시키는 일은 피할 수 있을 거다.
좋아, 계획은 세웠다. 이렇게 하자.
타카우지 양에게 시선이 집중된 가운데, 나는 살짝 손을 들었다.
"선생님, 남자랑 여자 중 한쪽이 정해지면, 그 사람이 상대를 지명하는 식으로 하면 안 될까요."
"지명을 받은 사람의 의사에 달렸지만 괜찮겠네. 거절하면 평소처럼 뽑으면 되고.”

선생님은 단박에 허락했다.

남들 눈에 띄는 일에는 익숙하지 않지만, 타카우지 양을 구하기 위한 일이라고 생각하면 별것 아니다.

“그러면 제가 해볼게요.”

타카우지 양이 이쪽을 쳐다보는 게 느껴졌다.

“그럼 키미시마 군, 부탁 좀 하자.”

반대 의견이 없어서 예상대로 그 즉시 뽑혔다.

“타카우지 양은 안 내키는 것 같으니, 여자 반장은 제가 지명하겠습니다.”

앞으로 나가서 가볍게 설명한다. 익숙지 않아서 그런지 이렇게 시선을 받고 있으니, 뭔가 쑥스럽다.

“세가와 양, 부탁해도 돼?”

하루라고 부르기는 부끄러워서 성으로 부르자 하루가 의자를 끌며 일어났다.

“이럴 줄 알았어. 귀찮지만, 좋아.”

하루가 웃는 얼굴로 받아들였다.

“선생님, 세가와 양은 좀 아닌 것 같은데요~?”

“에엑~?! 어째서. 나, 완전 괜찮잖아. 진심으로 우리 반 분위기 잘 띄워줄게!”

“음~. 반장을 맡기기에는 좀…….”

걸어 다니는 교칙 위반에게 반을 대표하는 자리를 맡길

수는 없다는 건가.

이런. 예상이 빗나갔다.

우~ 우~ 하루가 불평을 늘어놓던 중에 누군가가 스윽, 손을 들었다.

"할게요."

귀인(貴人)의 한 마디에 교실이 잠잠해졌다.

손을 든 건 타카우지 양이었다. 곤란해하는 다른 사람들을 보다 못해 나선 걸까.

당연히 반대 의견은 없었고 선생님의 격렬한 찬성에 힘입어 여자 반장은 타카우지 양으로 결정됐다.

"싫은 거 아니었어?"

앞으로 나온 타카우지 양한테 묻자, 고개를 가로저었다.

"아니. 싫지 않아."

내가 멋대로 지레짐작한 것뿐이었나?

"키미시마 군한테 맡기기에는, 불안해서."

"그럴지도 모르지만……."

타카우지 양은 쿡, 하고 웃었다.

"장난이야."

평소 무표정에 가까운 타카우지 양이 웃으니 파안(破顔)이라는 단어가 저절로 떠올랐다. 이렇게 보기 좋은 표정을 짓기도 하는구나, 싶고 평소의 새침한 표정과의 격차 때문에 눈을 뗄 수가 없었다.

“그리고 라디오 얘기는 학교에서 금지야.”

“어? 왜?”

그걸 빼앗으면 나는 타카우지 양에게 말을 걸 핑계가 없어진다.

“그 이야기를 하면 그 이름이 나오잖아? 학교에서는 두 번 다시 꺼내지 말아줬으면 해.”

신원 노출 방지를 위해서인가.

나는 그런 거라면 어쩔 수 없다는 생각에 마지못해 승낙했다.

다른 학급위원들도 그 후 막힘없이 정해져서 금방 방과 후가 되었다.

“아카리, 미화위원 하기로 했잖아. 바보리는 바보야.”

집에 갈 준비를 마친 하루가 토라진 듯이 입술을 삐죽거리며 내 자리로 왔다.

“그럴까~ 했던 거지 하겠다고는 안 했잖아. 그리고 ‘바보리는 바보’라고 하면 ‘복통이 아프다’는 말처럼 들리거든?”

하루는 시시하다는 투로 뭐, 상관없지만, 이라고 말했다.

저 말투에 저 태도는 전혀 괜찮지 않다는 증거다.

“사이가 좋네.”

타카우지 양이 말하자 하루가 반응했다.

“소꿉친구니까.”

“아아, 그래서…….”

납득했는지 흠흠, 하고 타카우지 양은 고개를 끄덕였다.
"사야 짱, 집에 안 가?"
"선배를 기다리고 있어."
그랬다……. 타카우지 양은 키도코로 선배랑 사귀고 있지…….
"아, 아카리가 죽은 생선 같은 눈을 하고 있어……."
얘기를 많이 했다느니 친해진 것 같다느니, 많은 생각이 드는 하루였지만 '선배를 기다리고 있어'라는 한 마디에 그러한 기분들은 산산이 박살 났다.
애초에 한발 늦었다.
게임 오버 상태였더랬지…….
타카우지 양한테 키도코로 선배의 소문을 알려줘 봐야 경멸하는 눈빛으로 '남의 남자친구를 욕하다니, 최악이야' 하고 최후의 일격을 날릴 것만 같았다.
"그러고 보니, 엄마가 오늘 우리 집에서 저녁 먹고 가라고 했어."
"어엉……."
돌아가신 엄마랑 하루네 어머니는 사이가 좋았는데, 부자가정이 된 우리가 걱정되는지 가끔 이렇게 저녁 식사에 초대해 주고는 했다.
"띵~해서 먹기만 하면 돼."
"띵—— 푸흡."

타카우지 양은 햄스터처럼 볼을 부풀리며 입가를 막았다.

전자레인지에서 나는 '띵'소리*를 흉내 낸 것뿐인데 웃다니.

어떤 수준의 야한 농담을 좋아하는가 했더니, 초등학교 저학년 수준일 줄이야…….

"응? 사야 짱, 방금 웃었어?"

"무슨 소리야?"

버튼을 누르면 표정이 돌아오기라도 하는 건지, 타카우지 양은 평소처럼 새침한, '기본 표정'으로 돌아와 있었다.

"사아야, 기다렸지? 가자."

상쾌하고 잘생긴 얼굴을 한 키도코로 선배가 교실을 들여다보며 말하자 타카우지 양이 자리에서 일어났다.

"안 기다렸으니까 괜찮아요."

그러고는 짐을 들고 "그럼, 또 봐" 하고 나와 하루에게 인사하고서 키도코로 선배와 함께 나갔다.

"미남이네~. 하지만 원나잇충이라네~."

하루가 시조라도 읊듯이 말했다.

거절을 못 하고 야한 농담의 허용 범위도 넓은 타카우지 양…….

저 미남이랑 이런 짓, 저런 짓을…….

"죽겠네. 친해졌나 싶었지만 기회고 뭐고 없었구나."

"애초에 내가 그럴 거라고 했잖아. 뭐, 무슨 바람이 분 건

*'칭(チン)'. 두 번 연속으로 발음하면 남성기란 뜻이 된다.

지는 모르겠지만 같이 반장이 됐잖아. 앞으로도 대화는 할 수 있겠네."

"기회가 없다는 걸 알면서 수다 떠는 건, 괴로울 것 같아."

하지만 대화는 하고 싶다. 뭐야, 이게…… 무슨 함정인가?

"하루, 지금 시간 있어?"

"응~? 뭐, 있긴 있어."

"잠깐 같이 가 줘."

앞을 걷는 미남미녀에게서 몇 미터 떨어진 지점.

나는 몰래 숨어서 그 두 사람을 쫓고 있었다.

"같이 가달라기에 뭘 하려는 건가 했더니……."

어이가 없다는 듯한 하루의 목소리가 뒤에서 들려왔다.

"선배랑 사야 짱을 스토킹하려고 한 거였다니. 나는 뭐 하러 부른 거야?"

"들켰을 때 얼버무릴 수 있잖아."

"그런 거구나."

하아, 보란 듯이 한숨을 내쉬었지만, 신경 쓰지 않기로 했다.

키도코로 선배와 나란히 걷는 타카우지 양은 지나치는 사람이 모두 돌아볼 만큼 그림 같은 커플이라 사람들의 눈길을 사로잡았다.

두 사람 사이에서 대화가 오가지는 않는 듯했다.
내가 상상했던 연인 사이하고는 좀 다른 것 같은데.
"하루, 저 둘 대화 안 하고 있지?"
"그런 것 같네~."
지루한지 하루는 반짝반짝하게 광을 낸 자기 손톱을 쳐다보고 있었다.
"타카우지 양, 즐겁지 않아 보여."
"글쎄."
그제야 하루가 두 사람에게로 시선을 옮겼다.
"사귄 지 얼마 안 됐다고 하니 아직 어색한 것뿐일 수도 있고, 둘 다 긴장한 걸지도 몰라. 시간이 지나면 저 살짝 어색한 분위기도 사라져서 즐겁게 대화를 나누게 되겠지."
하루는 부정적인 내 예상에 전혀 동의하지 않았다.
"하루가 그렇다면 그럴지도 모르지만, 선배는 타카우지 양의 어디가 좋아서 사귀고 있는 걸까?"
"사야 짱이 고백한 걸 수도 있잖아. 아카리는 금방 단정 짓는다니깐."
내가 타카우지 양을 남몰래 좋아하듯, 타카우지 양도 키도코로 선배에게 호감을 품고 있었다……? 그렇다면 타카우지 양이 긴장해서 대화가 별로 없는 것도 이해가 된다.
반대로 키도코로 선배가 타카우지 양을 좋아해서 고백했을 경우. 만약 나였다면 억지로 기분을 고조시켜 어떻게든 말을 붙였겠지만, 노련한 미남 선배는 그럴 낌새가 없었다.
키도코로 선배의 스테이터스를 살펴봤다.

· 키도코로 류세이
· 성장 : 정체
· 특징 / 특기
자타가 공인하는 달콤한 마스크
만능 스포츠맨
책사

타카우지 양도 그랬지만, 스테이터스에 외모 관련 칭찬이 보란 듯이 들어 있었다.
객관적으로 봤을 때 납득이 가면 미남이나 미소녀 같은 항목이 붙는 것이리라.
"달콤한 마스크는 또 뭐야, 머스크멜론도 아니고."
"뭐라고?"
"아무것도 아니야."
만능 스포츠맨이라는 항목도 있고, 정말이지 인기를 끌 만한 요소의 집합체 같은 사람이네.
【책사】라는 게 무진장 신경 쓰이긴 하지만…….
이상한 흉계나 안 꾸몄으면 좋겠는데.

"설마…… 나쁜 친구들한테 타카우지 양을 소개해서 언더그라운드한 세계로 끌고 가려는 건 아니겠지?"

후후, 하루가 웃었다.

"생각이 지나쳐."

"만화에서 본 적이 있다고!"

"아니, 만화잖아."

"그건 그렇지만……."

그 한 마디에 냉정해졌다.

북적거리는 역 앞 방면으로 걷는 두 사람을 추적했다. 즐거운 듯한 분위기는 여전히 느껴지지 않는 가운데, 두 사람은 그저 함께 걷기만 하는 듯 보였다.

"혹시 타카우지 양하고 선배는, 오랫동안 알고 지낸 이웃이자 남매처럼 자란 한 살 차이의 소꿉친구인 건 아닐까."

저렇게나 대화가 없는데 둘 다 그 점을 신경 쓰지 않으니 그렇게 볼 수밖에 없다.

"나랑 아카리 같은 관계라고?"

"응. 대화가 없어도 신경이 안 쓰인다고 해야 할지, 어색하지 않다고 해야 할지, 그 침묵도 편하게 느껴진다고 해야 할지……."

사이좋은 이웃이라는 설을 제창한 나를 부정하는 말이 들려오지 않았다.

흘끔 쳐다보니 하루가 자기 금발을 손가락으로 만지작

거리고 있었다.

"아카리, 날 그런 식으로 생각하고 있었어?"

어째서인지 하루의 뺨이 붉었다.

지금까지 하루와는 셀 수 없이 많이 함께 귀가했지만, 대화를 많이 하는 편은 아니었다. 말없이 걷는 시간이 더 길 정도였다.

나는 그 시간을 어색하다고 느낀 적이 없다. 하루도 그렇게 생각할지 어떨지는 모르지만, 하루는 점심시간에 내가 늘 있는 비밀 장소에 와도 딱히 무슨 말을 하지는 않고 계~속 스마트폰을 만지작거리기만 하는 경우도 많았다.

침묵이나 조용한 시간이 싫었다면 굳이 그곳을 찾지도 않았을 거다.

"그런 식이고 뭐고 할 거 없이 실제로 그렇잖아."

"자세히 말해 봐."

하루가 손가락을 까닥거리며 설명을 요구했다.

"그러니까, 할 말이 없는 게 아니라 딱히 말을 안 해도 되는 관계…… 대화 없이도 좋은 관계로 지낼 수 있다는 뜻이야, 아마도."

하루는 입가를 일그러뜨려 히죽히죽 웃었다.

"아카리는 날 그런 식으로 생각했었구나~."

"저 둘도 그런 느낌이 아닐까 싶어서——."

"저 둘은 초등학교랑 중학교 때 학교가 달랐을걸?"

"그러면 이웃도 소꿉친구도 아니겠네."

"남매도 사촌도 아닐 테고."

그럼, 그냥 대화가 없는 건가.

하루랑 수다를 떠는 동안 두 사람이 공원으로 들어갔다. 입구 근처에서 들여다보니 장사 중인 푸드 트럭이 서 있고, 그곳에서 크레이프를 팔고 있었다.

그리고 그제야 두 사람 사이에서 대화다운 대화가 오가고 있었다.

"'이건 내가 낼 테니까 사야 짱은 가만히 있어' '어, 하지만 그러기는 좀 미안한데요' '에이 괜찮대도, 쏘게 해 줘. 하얀이 반짝' '그럼, 감사히 먹을게요'."

하루가 두 사람의 몸짓에 맞춰서 더빙했다.

아마도 비슷한 내용의 대화가 이루어졌을 거다.

"SNS에서 맛있다고 소문 난 가게야, 저기. 여자애들한테 엄청 인기 있어."

"선배는 다 조사를 해둔 걸까."

난 그런 건 전혀 몰랐는데.

"크레이프 가게인데, 고등학생이 사기에는 조금 비싸지 않나~ 싶은 가격이었을 거야."

세가와 해설위원이 그렇게 알려주었다.

"아, 이거 봐봐. 제일 싼 게 하나에 800엔이래."

하루가 SNS에 업로드된 가게 메뉴 페이지를 띄워서 나한테 보여주었다.

"비싸!!"

"그중 제일 비싼 걸 두 개 샀구만요."

멀리서 보고도 용케 알아낸 하루가 해설한 순간, 두 사람의 목소리가 들려왔다.

"사아야, 마실 것 좀 사 오려고 하는데 뭐가 좋아?"

"홍차로…… 아, 잠시만요. 제가 낼게요."

타카우지 양이 지갑을 찾으려 하자 키도코로 선배는 제지했다.

"아니, 안 그래도 돼. 내가 낼게. 신경 쓰지 마. 그러면 홍차로 사 올게."

산뜻한 미소를 지은 채로 키도코로 선배는 자판기가 있는 방향으로 걸어갔다.

"…………저렇게 해서 어색했던 여자애랑 친해지는 거구나……."

여자와의 거리를 좁히는 게 자연스러웠다.

저런 노련함을 두고 【책사】라고 하는 거라면, 스테이터스가 맞는 것 같다.

여자들한테 인기가 많은 가게를 조사하고, 혹은 이미 알고 있었고, 자연스럽게 귀갓길에 그런 게 있는 길로 지나가고, 여러모로 머리를 썼구나…….

교복도 교칙 위반에 걸리지 않을 범위에서 멋을 내서 입었다.

상쾌하다는 인상 정도만 주는, 과하지 않은 액세서리도 굉장히 세련되어 보인다.

"다음 주쯤 되면 두 사람은 더욱 친근한 사이가 되어 있을 것으로 전망됩니다."

예언이라도 하듯 하루가 말했다.

"괴롭네."

"아니, 이 정도는 스토킹하는 시점에서 각오해 뒀어야지."

얘는 걔루면서 입바른 소리만 하네.

"막 사귀기 시작해서 서로 적당한 거리감을 잡지 못하는 경우가 있잖아? 어쩌다 보니 오늘이 그런 날이었던 걸 거야."

"잘도 아네."

"그런 '경험담'을 자주 들으니까."

"하지만 나랑 대화할 때 훨씬 다양한 표정을 지었던 것 같은데."

"그건 아카리가 그랬으면 하고 생각하는 것뿐이잖아. 패배자의 변명이지."

"시끄러워."

가볍게 어깨를 때리며 딴죽을 걸 생각으로 나는 잘 확인도 하지 않고 하루 쪽으로 손을 뻗었다.

……말캉, 손등에서 예상치 못한 감촉이 느껴졌다.

말캉? 이 감촉은 두 번째인 것 같은데──.

"~~~~으으!"

자세히 보니 내 손이 하루의 가슴에 실례를 범하고 있었다.

"아, 이런. 미안. 이번 건 일부러 그런 게──."

"엉큼해엉큼해엉큼해엉큼해엉큼해, 에로 바보리! 소꿉친구라고 뭐든 해도 되는 건 아니거든?! 진짜 무리거든?!"

손이 닿아서 화가 난 건지, 부끄러운 건지, 내 가벼운 사과에 울컥한 건지, 잘은 모르겠지만 하루는 얼굴이 빨개져서 반쯤 울상이 되어 있었다. 두 번째인 탓인지 무섭게 입을 다물고 있지는 않았다.

그리고 발걸음을 돌려 후다닥 떠나려 했다.

"야, 하루──."

"갈 거야."

하루는 혀를 날름 내밀어 보이더니 성큼성큼 귀갓길에 올랐다.

나중에 제대로 사과해 둬야지…….

하루는 전반적으로 야한 차림새를 하고 있지만 야한 것에 대한 내성은 방금 본 바와 같다. 경험이 많아 보인다고 하니까 어째서인지 언짢아했었지…….

그런 쪽으로는 전혀 성장하지 않은 것이다.

아마도 그건 타카우지 양도 마찬가지가 아닐지 싶다.

야한 농담을 좋아한다고 해서 야한 걸 좋아한다는 보장은 없지 않을까.

그렇기에 더더욱 스테이터스에 있던 【거절을 못 함】이라는 항목과 막 사귀기 시작한 키도코로 선배의 악평이 신경 쓰였다.

키도코로 선배가 마실 것을 사서 돌아왔다.

먹기 시작했을 때는 맛있다는 말이 들려왔지만, 지금은 그것도 잦아들고 둘 다 할당량을 채우기라도 하듯 말없이 크레이프를 먹고 있었다.

연인 사이, 공원, 크레이프라는 키워드에서 느껴지는 이미지와는 동떨어져 있다고 할 만큼 두 사람 모두 말이 없었다.

적어도 타카우지 양은 즐거워 보이지 않는다.

이윽고 크레이프를 다 먹은 두 사람은 벤치에서 일어나 공원을 나서서 역 앞에서 헤어졌다.

키도코로 선배는 타카우지 양이 심야 라디오 청취자라는 사실을 알까.

멍하니 타카우지 양의 뒷모습을 쳐다보던 중, 그녀가 갑자기 이쪽을 돌아보았다.

눈이 딱 마주쳤다.

으아아. 스토킹한 걸 들키겠어――.

"키미시마 군……?"

"으음…… 이쪽에 볼일이 있어서 왔는데, 우연히 보이기에."

이전의 나였다면 아마 부자연스럽게 도망쳤을 거다.

하지만 【겁쟁이】에서 【소극적】으로 발전하기도 했고 【말재주가 좋음】 스킬 덕분인지 도망치기는커녕 말이 술술 나왔다.

"타카우지 양은 열차로 통학했나 보네."

알고 있던 걸 굳이 물어서 화제를 돌렸다.

"응."

"그렇구나. 제일 가까운 역이 이쪽이라 이 시간대가 되면 이 근처에 우리 학교 학생들의 비율이 높아지는 거야."

"응, 맞아."

교실에서 대화했을 때의 타카우지 양이 아니라 내가 잘 아는, 평소와 같은 타카우지 양이었다.

얼굴 생김새부터 행동거지에서까지 기품이 묻어난다.

표정이 홱홱 바뀌는 모습은 귀엽다. 하지만 평소의 표정은 예쁘다고 표현해야 맞을 듯하다.

"역까지 바래다줄까……?"

만약 어제 이런 상황이 되었다면 절대로 하지 못할 말이었다.

같은 심야 라디오 청취자이고, 타카우지 양이 '우지차' 님이었고, 야한 농담을 좋아하고, 알고 보면 그렇게나 표정이 다양하다는 걸 몰랐다면, 어제까지의 나였다면 이대로 자리를 떴을 거다.

"괜찮아. 고마워."

새침한 표정이 아주 조금 풀어졌다.

"그, 그렇, 지……? 아직 날이 밝으니까."

미야노다이역과 그 앞은 치안이 아주 좋기로 유명하다. 가족과 함께 살고 싶은 동네 랭킹 상위에 든다는 이야기를 TV 같은 데서 본 적이 있다.

타카우지 양은 '그럼 이만'이라고 하고서 역으로 갈 줄 알았더니, 그 자리에서 꼼짝도 하지 않았다.

돌아갈 줄 알고 아무 이야깃거리도 준비하지 않았던 나는 당황할 수밖에 없었다.

뭔가 이야기를 꺼내지도 않고, 돌아가지도 않는다니.

"아직…… 그게, 밝으니까."

타카우지 양은 나직하게 중얼거렸다.

귀를 기울이지 않으면 못 들었을 거다.

혹시—— 아니, 만약 그게 그런 뜻이라면 무진장 기쁘겠지만, 그럴 리가——.

"괘, 괜찮으면, 어디 들렀다 가지 않을래?"

그런 제안을 거절할 수 있을 리 없었다.

"나라도 괜찮다면. 시간은 괜찮아?"

"응."

이 동네에 살면서 나는 세련된 카페가 어디에 있는지도 모른다. 여고생이 좋아할 법한 가게…… 아아, 전혀 모르겠어. 검색할까? 아니, 눈앞에서 그러는 건 좀 그런데.

——잠깐. 타카우지 양의 스테이터스에 【정크푸드를 좋아함】이라는 항목이 있었지. 지금까지 내가 가지고 있던 이미지와 정반대야. 척 보면 건강에 좋은 음식을 선호할 것 같은데.

정크푸드라 하면…….

"역 앞에 있는 햄버거 가게도 괜찮을까?"

"응! 괜찮아."

타카우지 양의 눈이 순간적으로 반짝거린 것 같았다.

"가자."

타카우지 양이 힘차게 걸음을 떼기에 나도 나란히 걸었다. 역시 그런 음식을 좋아하는구나.

그건 그렇고, 어쩌다가 이렇게 됐지?

저쪽의 제안을 받고 자연스럽게 지금 상황에 다다른 거긴 하지만, 어째서 나랑 같이 가려고 하는 걸까.

"좀 전까지 선배랑 같이 있었던 것 같은데, 괜찮겠어?"

"뭐가?"

타카우지 양이 순수한 눈빛으로 고개를 갸웃했다.

"아니, 남친이랑 있다가 다른 남자랑 같이 다니는 건……."

"신경 쓰지 마. 괜찮아."

괜찮다라…….

그렇게까지 남자로 보지 않고 있다는 뜻이겠지. 게다가 남친이라는 말도 전혀 부정하지 않았고.

……그럴 줄 알았지만!

햄버거 가게에 도착한 우리는 빈자리에 마주 보고 앉았다.

데이트 같네. 하지만 타카우지 양은 1mg도 그렇게 생각 안 하겠지.

평소 옆에서 보다가 마주 보고 앉자, 얼굴을 똑바로 볼 수가 없었다.

…………너무 귀여워.

서로 주문한 음식을 카운터에서 받아 자리로 돌아왔다.

감자튀김을 아삭아삭아삭아삭, 조금씩 갉아먹는 모습이 다람쥐 같아서 귀엽다. 오물오물, 입 안 가득 감자튀김을 넣은 채로 씹고 있다. 엄청 행복해 보이네. 보기만 해도 저절로 그런 생각이 들었다.

내 시선을 알아챘는지 타카우지 양은 변명을 하듯이 말했다.

"이런 음식을 좋아하긴 하지만, 평소에 올 기회가 별로 없어서."

"자주 안 와?"

도리도리, 고개를 가로저었다. 듣자 하니, 굳이 말하자면 카페에 가는 경우가 많고, 그런 탓에 친구들에게는 더더욱 말하기가 꺼려진다는 모양이다.

타카우지 양이 치즈버거를 베어 물었다. 입가에 케첩이 묻었다. 호쾌하네. 귀여워.

"집에 가는 길에 딱 한 번, 이런 가게에 들르고 싶다고 말한 적이 있었어. 그랬더니 '사아야, 그런 거 좋아하는구나?' 라면서 비웃어서……."

비웃어? 뭐가 이상하다고? 싸고 맛있는데……. 하지만 여자들의 세계는 또 다르니까. 게걸스럽게 먹는다는 느낌이 강한, 세련되지 않은 것은 피하자는 심리가 있는 것일지도 모른다.

"다들 세련되고 귀여운 걸 좋아해서, 나도 그렇게 보이려고. 안 그러면 친구가 줄어들 테니까."

타카우지 양은 그렇게 말하며 난감하다는 듯이 웃었다.

주변과 같지 않으면 무리에 끼워주지 않게 된다――. 동조 압력 같은 건가.

"사실 비싼 크레이프 같은 건, 딱히 먹고 싶지 않아. SNS에서 소문이 난 디저트 가게에 가고 싶다고 생각한 적도 없어."

'여고생' 하면 흔히 떠오르는 타입과 타카우지 양 본인은 다르다는 뜻일 거다.

"심지어 늦은 밤에 라디오를 듣고 개그 메일을 보내는 희한한 여자애니까."

"맞아."
쓴웃음이 미소로 바뀌었다.
"데려와 줘서, 고마워. 혼자서는 오기 꺼려졌거든."
"아니아니, 뭘 이 정도 갖고. 여기 같이 올 상대가 필요하다면 언제든지 말만 해."
아, 나도 모르게 괜한 소릴——.
"정말? 정말, 진짜로?"
타카우지 양은 어린애처럼 눈을 반짝거리며 내 쪽으로 얼굴을 불쑥 들이밀었다.
"으, 응. 얼굴이, 너무 가까운데요."
예쁜 얼굴이 코앞으로 다가오자, 압도되어서 무심결에 시선을 피하고 말았다.
"아, 미, 미안해……. 이런 이야기를 할 수 있는 사람이, 지금까지 없었거든."
퍼뜩 정신을 차린 타카우지 양이 수줍은 듯 미소 지었다.
"먹고 싶을 때 부르면, 언제든 같이 와줄게."
타카우지 양은 쿡, 하고 웃었다.
"뭐야, 그게. 신종 호출 서비스야?"
말을 나누면 나눌수록 평소 이미지와 본인의 취향이 다르다는 게 느껴진다. 겉으로만 보면 어른스러운 걸 좋아할 것 같은데, 의외로 어린이 입맛인지도 모르겠다.
다른 이야깃거리, 다른 화젯거리는……. 학교에서는 봉

인됐지만 학교 밖에서는 괜찮겠지.

"'심야론'은 실시간으로 듣고 있어?"

역시 이 화제밖에 없다.

"듣다가 잠들 때도 있지만, 대부분 끝까지 들어."

"나도. 적당히 스마트폰 만지면서 듣기에 좋잖아."

"나도 그래. 침대에 누워서 들을 때가 많아."

"그렇지? 그래서 관심 없는 이야기가 계속되면 깜빡 잠든단 말이지."

후후, 타카우지 양이 입가만 움직여 웃었다.

"그러려고 침대에서 듣는 거야."

"응, 맞아맞아. 다음 날, 등교 중에 꾸벅꾸벅 졸기 시작한 부분부터 앱으로 재생해서 다시 듣고는 해……."

"마찬가지야. 나는 열차 통학이라 열차 안에서 듣는데, 토크나 개그 코너에서 웃음보따리를 건드리는 부분이 있으면 웃음을 참기가 힘들어."

"열차 통학의 고충이네"라고 나는 말을 이었다.

혹시, 타카우지 양도 사실은 이야기하고 싶었던 게 아닐까.

나와 이야기하는 타카우지 양은 역 앞에 있을 때보다 표정이 풍부한 데다, 동일인물이라는 게 믿기지 않을 만큼 수다스러웠다.

배가 출출해서 추가로 애플파이를 사서 자리로 돌아왔다.

"뭐 샀어?"

"애플파이."

"파이*……. 푸흡~."

"가져가서 식었으면 이 애플파이를 띵~하고 데워서——."

"~~~흐읍."

타카우지 양은 웃음을 참으며 테이블을 찰싹찰싹찰싹 때렸다.

재미있는 말은 한 마디도 안 했는데.

뭐, 띵~한다는 부분은 노린 거지만, 역시 이런 야한 농담이 취향인 건가? 근데 이건 야한 농담조차 아니잖아.

웃음을 가라앉힌 타카우지 양이 고개를 들었을 때는 새침한 얼굴로 다시 돌아와 있었다.

그렇게 새침한 표정 지어봐야 이미 늦었다고.

"초등학생이 좋아할 법한 개그를 좋아하는 거야?"

"무슨 소리야?"

눈앞에서 그렇게 웃어놓고 시치미를 뗄 셈인가?

그 이후에도 한참 동안 라디오에 관한 이야기를 나눴다. 어느샌가 약 두 시간이 지나 버려서 창밖이 깜깜해져 있었다.

"타카우지 양, 그만 갈까?"

"어……."

타카우지 양은 너무나도 좋아하는 주인님을 현관에서

---

*일본어로 '가슴'과 발음이 비슷하다.

배웅하는 개처럼 풀이 죽은 표정을 지었다.

"밖이 어두워졌잖아."

"그러고 보니 그러네."

"늦게까지 붙잡아서 미안해, 이야기하는 게 즐거워서 그만."

"아니, 괜찮아. 나도, 즐거웠으니까."

이 미소를 사진으로 찍어두고 싶다.

어제까지의 나한테 보여주고 싶다.

가게를 나선 우리는 역으로 가는 짧은 길에서도 같은 주제로 이런저런 이야기를 나눴다.

"결국 배웅을 받고 말았네."

개찰구에서 "내일 봐"하고 인사를 나누고 헤어져, 타카우지 양의 뒷모습을 배웅했다.

수다도 엄청 떨었고, 즐거웠다. 애초에 이 취미에 관한 이야기를 할 수 있는 사람이 현실에 거의 없는 탓이기도 할 거다.

비슷한 오타쿠 같은 취미라도 애니메이션이나 만화, 게임에 비하면 라디오는 상당히 약소한 편에 속한다. 하루한테 라디오 얘길 했을 때, 도통 모르겠다는 반응이었던 것만 봐도 알 수 있다.

출구 쪽으로 걷기 시작하자.

"키미시마 군!"

타카우지 양의 목소리가 건물 안에 울렸다.

돌아보니 타카우지 양이 우다다다, 다급하게 이쪽으로 달려왔다.

덜컹, 딩동~!

"으꺄악?!"

타카우지 양이 개찰구에 걸렸다.

"무슨 일이야?!"

나도 당황해서 개찰구까지 돌아갔다.

가게에 뭘 두고 왔나?

"키미시마 군……. 괜찮으면 라인 아이디, 교환하자."

"어?"

생각지도 못했던 제안에 나는 눈이 휘둥그레졌다.

"더 이야기하고 싶었어?"

그런 생각밖에 안 들어서 나는 무심결에 웃고 말았다.

"……그, ……아니야. 둘 다 반장이니까 연락을 취할 수 있게 해두는 게 편할 것 같아서 그래."

"아아, 그래서……."

업무 연락용이라 이거지? 그래그래…….

연락처를 교환하려고 보니 타카우지 양이 든 스마트폰이 희미하게 떨리고 있었다.

아니, 이건 스마트폰이 아니라 손이 떨리는 건가?

"타카우지 양, 손, 떨고 있는 거 아냐?"

"누, 누가. 긴장 같은 거 안 했거든?"

했구나.

주로 아이디를 알려달라는 말을 듣기만 하고 거꾸로 알려달라고 한 적이 없기 때문이리라.

"무슨 일 생기면 연락할게."

"아무 일도 없어도, 언제든 연락해도 괜찮아."

"윽……."

떠오르는 대로 말하자 타카우지 양은 말문이 막힌 듯했다.

그러더니 어쩐지 체념한 듯이 고개를 가로저었다.

"……안돼, 민폐잖아."

승강장 쪽에서 타카우지 양이 타려고 했던 열차의 안내방송이 흘러나왔다. 타카우지 양이 살짝 고개 숙여 인사하고서 걸음을 떼려 했다.

나는 안내방송에 묻히지 않도록 목소리를 높여 말했다.

"나, 늦게까지 안 자!"

어쩐지. 정말로 어쩐지 밤에, 그것도 늦은 밤에 연락하고 싶은 건지도 모른다는 생각이 들었다.

실시간으로 같이 방송을 듣고, 그러면서 이야기를 나눌 누군가가 있으면 분명 훨씬 즐거울 거란 생각을 한 적이 있어서이다.

타카우지 양은 걸음을 멈추더니 이쪽을 휙 돌아보았다.

놀란 듯한 표정이 천천히 변하더니 얼굴에 눈웃음이 걸렸다.

입이 움직였다. 목소리가 작아서 뭐라고 하는지 알 수 없었지만, 타카우지 양은 피어난 꽃 같은 미소를 남기고 떠나갔다.

대화도 했고, 악수이긴 하지만 손도 잡았고, 라인 아이디도 교환했다. 정말이지 노도와도 같은 하루였다.

학교에서의 타카우지 양은 이미지에 맞게 행동하려 하고 있다. 모두가 그린 이미지대로의 '타카우지 사아야'이고자 하고 있다. 주변에 있는 여자애들이랑 달라서 맛이 강한 정크푸드를 좋아해도 그렇다고 말하지 못하는 건 물론이고 라디오 마니아라고 밝히지도 못하는 데다 야한 농담을 좋아한다고도 말할 수 없다. 야한 농담을 듣고 무심결에 웃을 때는 있어도 금방 새침한 얼굴로 돌아간다——. 마치 자신에게서 개성을 없애려 하는 것만 같았다.

저질스러운 이야기는 싫어하고 아주 새침한 얼굴로 카페에서 클래식 음악을 들으며 찻잔을 기울이는, 모두가 상상하는 그런 타카우지 양은 사실 어디에도 없었다.

'타카우지 양'의 이미지에는, 모두가 가벼운 마음으로 들락거리는 정크푸드점은 너무도 문턱이 높은 모양이다.

또 데려가는 건 일도 아니다. 그렇게나 기뻐하는 걸 보고 났더니 매일 어울려주고 싶은 정도다.

그게 타카우지 양의 본모습이라면, 나는 학교에서 보는 타카우지 양보다 더 근사하다고 생각한다.

그렇기에 【책사】라는 항목이 있고 악평도 있는 키도코로 선배에게서 타카우지 양을 빼앗고 싶다는 마음이 더욱 강해졌다.

현재, 내가 할 수 있는 것은 취미 이야기를 하는 것과 패스트푸드점에 데려가는 것뿐이다.

키도코로 선배처럼 교복을 세련되게 고쳐서 입는 센스도 없고 돈도 없다.

"아까 한 턱 내지도 못했으니까……."

나도 뭔가 사주자, 라는 생각에 씩씩하게 지갑을 열었지만, 두 사람 몫을 낼 만큼 돈이 남아 있지는 않았다.

"옷 입는 센스도 없고, 돈도 없고……. 하지만 돈이라면 어떻게든 할 수 있어――."

알바를 하자.

돈을 벌어서 데이트용 옷을 사고, 데이트 자금도 마련하자.

아직 데이트할 예정은 전혀 없지만.

집에서 멀지도 가깝지도 않은, 자전거로 10분 거리 정도의 편의점에서 아르바이트로 채용하겠다는 연락이 왔다.

무의식중에 알바하면 편의점이라는 이미지가 있었던지라 응모해 보니 의외로 반응이 좋아서, 금방 일하게 되었다.

방과 후, 나는 첫 알바를 위해, 일터인 편의점에 와 있었다.

점장님에게 설명을 듣고 계산대 다루는 법을 배우고, 조리식품을 조리하는 등, 의외로 할 일이 많았다.

"그리고 니시카타라는 애가 올 테니, 모르는 게 있으면 그 애한테 물어봐."

점장님은 그렇게 말하더니 창고 겸 사무실로 들어갔다.

입구에서 전자음이 들려서 그쪽을 보자 초등학생으로 보이는 여자애가 음료를 골라 계산대로 가져왔다.

"오늘부터 일하기로 한 신입인가요~?"

그 애는 빙긋빙긋 웃는 얼굴로 물었다.

"네? 아, 네."

오늘부터 일하기로 한?

"잘 부탁드려요, 후배 군."

"으으응?"

계산을 마친 후, 그 초등학생은 창고 겸 사무실로 가더니 나와 같은 제복을 입고 이쪽으로 돌아왔다.

아마 제일 작은 사이즈일 텐데도 소매와 기장이 엄청 헐렁해서 어린애가 장난삼아 입은 것처럼 보였다.

혹시 니시카타라는 게……?

"키미시마 아카리라고 합니다. 잘 부탁드려요."

초등학생이잖아. 아니, 여긴 초등학생이라도 일할 수 있는 편의점인가……??

"니시카타 후미예요. 잘 부탁드립니다."

니시카타 씨는 빙긋 웃으며 예의 바르게 고개 숙여 인사했다.

"알바는 힘들지만, 열심히 해보자고요."

다행이다. 어떤 사람인가 했는데 좋은 사람인 것 같다. 무진장 쪼그맣지만.

말투가 몽글몽글한 게, 분위기만 보면 누나 같기도 하지만 키는 완전히 초등학생이다.

· 니시카타 후미

· 성장 : 하강

· 특징 / 특기

겉모습은 어린애

두뇌는 도박사

정신적 체육계열 기질

싸움은 백전연마

정보가 많아! 하나하나가 다 개성적이야!
전쟁을 겪고도 살아남은 도박사 같은 스테이터스잖아?!
깍두기 헤어스타일과 배에 무명천*을 두르지 않고 있는 게 이상할 정도다.
겉모습은 여자 초등학생처럼 생겼는데.
여자라기보다는 여아(女兒)다.
"왜 그러세요?"
니시카타 씨는 미소를 지은 채 굳어버린 내 얼굴을 의아하다는 눈으로 들여다보았다.
"아뇨, 아무것도 아니에요."
"좋은 대답이에요."
배운 걸 떠올리며 계산 업무를 무난하게 해치워 나갔다.
옆을 흘끔 보니 니시카타 씨는 내가 일하는 걸 걱정스러운 눈으로 지켜보고 있었다.
"잘하네요. 후배 군은 우수해요~."
"아뇨아뇨. 그렇게 어렵지도 않으니까요."
나는 문득 떠오른 바를 물어보았다.
"니시카타 씨는 공수도 같은 무도를 배운 적이 있나요? 아니면 킥복싱?"
그렇다면 '정신적 체육계열 기질'이라는 항목이나, 싸움이 어쩌고 하는 내용도 납득이 갈 것 같았다.

*주로 야쿠자나, 야쿠자가 운영하는 도박장 진행자의 이미지.

니시카타 씨는 얼굴을 찌푸리며 고개를 가로저었다.

"아뇨~. 그렇게 무서운 건 해본 적도 없어요."

그런 말이 제일 무서운데.

그런데 싸움을 잘한다고?

"그리고 후미 짱이라고 불러주세요."

"선배니까 후미 선배라고 부를게요……."

"네에~."

몽글몽글, 꽃이 주변에 피어난 것처럼 보일 만큼 후미 선배는 기분이 좋은 듯했다.

듣자 하니 내가 첫 후배라는 모양이다.

"점장님도 그렇고 손님들도 그렇고 다들 저를 어린애 취급하거든요. 후배 군이 들어온 덕에 그런 일은 없어질 것 같네요."

후미 선배는 기쁜 듯이 우후후, 하고 웃었다.

"선배다운 모습을 보여주면 자연스럽게 편견도 사라질 거예요."

엣헴. 후미 선배가 가슴을 펴며 말했다.

…………뭐라고 해야 할지, 어린 친척을 돌보는 것 같아서 엄청나게 지켜주고 싶다.

"후배 군은 고등학생인가요~?" "무슨 고등학교요~?" "우와~ 미야노다이 고등학교면 같은 학교네요!"

신이 나서 떠드는 후미 선배는 같은 학교의 선배였던 모양이다.

그나저나 고3이라니. 성장기는 어디 두고 온 거람.

"학교에서도 후배 군이었네요."

학교에서 본 적이 없는데, 아마 그건 저쪽도 마찬가지일 거다.

후미 선배가 선반에 있는 업무용 파일을 집으려고 발판을 가져와 그 위에 섰다.

"후으으으으으응~~~~~."

나라면 손을 뻗으면 닿겠지만, 후미 선배는 발판을 써도 안 닿는 모양이다.

"꺼내드릴게요."

"아, 괜찮아요. 평소에도 이렇게── 끄으으으응."

말은 그렇게 하지만 전혀 닿을 낌새가 없다.

얼굴이 빨개져서 눈을 꼭 감고 있다.

겨우 선반에 손이 닿을 뻔했지만, 꺼내려던 파일이 아니라 다른 것을 집으려 하고 있었다.

"죄송해요, 실례하겠습니다."

나는 뒤에서 후미 선배의 양쪽 겨드랑이에 손을 넣어 휙 들어 올렸다.

"후하악?!"

"꺼낼 수 있겠어요?"

"아, 네…………."

커다란 업무용 파일을 집은 후미 선배를 천천히 내려놓았다.

"레레레, 레이디의 몸에 마음대로 손을 대면 안 되는 거라고요."

"죄송해요, 레이디로 보지 않고 있거든요."

"누가 그쪽을 사과하랬어~?!"

생각보다 분위기를 잘 타는 선배였다. 어딜 봐서 체육계열이라는 거람.

겉모습만 보면 레이디로 취급하기는 어렵다. 척 보면 초등학교 3학년 정도 같으니까.

"잘 들어요, 후배 군. 저는 레이디의 몸에 멋대로 손을 댄 걸 먼저 사과해 줬으면 하는 거거든요?"

나 참. 후미 선배는 둘째손가락을 까닥거리며 나에게 불만을 토해냈다.

어린애가 무리해서 어른처럼 설교하는 것 같아서 귀엽다.

"그럴 때는 뒤에서 대신 꺼내주면서 제 귓가에 대고 '이게 필요했던 거지?'라고 꿀 떨어지는 목소리로 살며시 속삭여야 하는 거라고요!"

"노골적으로 성적 취향이 가득 담긴 발언이네요."

"다음부터는 그렇게 해보세요. 뒤에서 살며시. 후배 군이니까 선배의 말에는 무조건 따라야 해요."

체육계열 기질이 있긴 하네!

"후배 군은 목소리가 좋아서, 저는 아주 오싹오싹할 것 같거든요."

알 게 뭐람.

"그나저나 후미 선배, 싸움이나 험악한 일에 익숙하시죠?"

"네에~? 그렇게 보여요? 전혀 안 그런데요? 무서운 건 싫어요."

후미 선배가 눈을 감고 고개를 가로저었다.

간신히 카운터 위로 머리가 나올 정도로 키가 작은 후미 선배는 까치발을 한 채 파일을 팔락팔락 넘기며 무언가를 체크했다.

"하지만 강하죠?"

"저 같은 건 아직 멀었어요~."

보통은 그런 구도자 같고 겸허한 녀석이 제일 세다고요.

"무슨 일이 생겼을 때 써먹을 수 있는 호신술 같은 조언 하나만 해주세요."

그렇게 말하자 후미 선배는 으음, 하고 생각에 잠겼다.

"초보자분이 듣고 금방 써먹을 수 있는 거라면——."

이제 부정도 안 하네.

초보자분이라니…… 꼭 프로 같은 소릴 하고 있어.

"철면피가 되는 거예요."

"철면피?"

"네. 제일 꺼림칙한 건, 무슨 짓을 당해도 무표정한 사람이에요. 엄청 소름 돋고 기분 나쁘고 꺼림칙하거든요. 먹히고 있는지 어떤지 감이 안 와서."

때리는 쪽의 관점이잖아!

무서운 건 싫다고 내숭 떨 때는 언제고.

【싸움은 백전연마】 항목은 거짓이 아닌 모양이다.

"뒤에 있는 점장님하고 이야기하고 올 테니까 5분 정도 혼자서 가게를 봐주세요."

"알겠어요."

무슨 일 생기면 말하고요, 라고 하더니 후미 선배는 파일을 끌어안고 창고 겸 사무실 쪽으로 향했다.

드문드문 찾아오는 손님의 물건을 계산하던 중에 한 초로의 남자가 들어왔다. 허름한 차림새에 낡은 모자를 쓰고 있고, 한 손에 컵 술*을 들었다.

초로의 남자는 내 앞으로 다가오더니 동전을 탁, 하고 거칠게 내려놓았다.

"야, 너, 담배."

"네?"

"돈은 이거면 충분하잖아! 빨리 내놔!"

갑자기 버럭 소리를 쳤다. 주눅이 들 뻔했지만, 좀 전에 후미 선배에게 들은 조언(?)이 뇌리를 스쳤다.

무표정, 무표정…….

"저기, 죄송합니다, 상품명이 어떻게 되나요?"

---

*한 컵(180ml 정도) 분량을 유리용기에 밀봉하여 파는 술.

“내가 여기서~! 맨날 같은 걸 사고 있다고! 굳이 말을 해야 아냐, 등신아.”

“누구신지는 모르겠지만, 담배라고만 하시면 알 수가 없습니다.”

담담하게, 조용히, 마음을 죽이고 무표정…….

남자는 요란하게 혀를 차더니 “저거 말야, 저거!” 하고 짜증스럽게 손가락으로 가리켰다.

내가 꺼내주자 낚아채듯이 집더니 가게를 나서려 했다.

“잠깐만요. 20엔 부족한데요.”

또 혀를 차더니 주머니를 뒤져 나머지 20엔을 꺼내서 옆쪽 카운터에 놓고 가게를 나섰다.

흐아아아아아아~. 겁나서 죽는 줄 알았네~.

“저 인간, 진짜 뭐야…….”

의자가 있었으면 주저앉을 뻔했다.

벌컥, 창고 겸 사무실의 문이 열리더니 점장님이 걱정스러운 얼굴로 나왔다.

“키미시마 군, 괜찮았어?!”

“네에, 뭐…… 어찌어찌.”

“다행이야……. 아무리 그래도 좀 그래서 나와보려 했는데 니시카타 양이 말려서.”

응? 후미 선배가?

점장님은 뒤따라온 후미 선배를 흘끔 쳐다보았다.

“저는 후배 군이라면 대처할 수 있을 거라고 믿었거든요.”

엣헴, 가슴을 편 채 말했다.

체육계열 특유의 좋지 않은 기질이 제대로 나오고 있네.

“의외로 스파르타식이네요…….”

싸움을 잘하니 좀 도와주러 와주지…….

몸이 희미하게 빛났다. 스테이터스가 갱신되었다는 신호다.

점장님도 후미 선배도 내 쪽을 보고 있었는데 아무 말도 안 했다.

아무래도 이 빛 같은 건 다른 사람의 눈에는 안 보이나 보다.

곧장 나 자신을 의식해 보니, 스테이터스 창이 표시됐다.

· 키미시마 아카리

· 성장 : 급성장

· 특징 / 특기

엑스트라

간이 큼

무사안일주의

라디오 오타쿠

말재주가 좋음

포커페이스

두 부분이 바뀌었다.

【소극적】이 없어지고 대신 【간이 큼】이 추가됐다.

그리고 【포커페이스】 항목이 생겨났다.

조금 전에 있었던 일을 잘 극복했기 때문이리라.

【급성장】이라 그런지 스테이터스가 자주 갱신된다.

"후미 선배, 저 사람은 자주 와요?"

"저는 여기서 알바를 한 지 1년 정도 됐는데, 처음 봤어요."

그 아저씨, 거짓말이었어……?

나는 땅이 꺼지라 한숨을 내쉬었다.

그러는 동안 시간이 다 돼서 알바 첫 번째 날이 끝났다.

대학생 같은 다음 시간대의 사람과 교대하고 창고 겸 사무실에서 제복을 벗었다.

"수고했어요~."

후미 선배도 포근한 목소리로 말하며 제복을 벗으려 하고 있는데, 기장이 너무 긴 탓에 고전 중이었다.

아까 들었던 말을 실천해 보았다.

귓가에 대고 살며시 한 마디.

"도와드릴게요."

"꺅!"

후미 선배가 부르르 몸을 떨었다.

제복 목덜미 부분을 잡아 위로 잡아당기자 쏘옥, 하고 얼굴이 나왔다.

"곧장 실천에 옮기다니, 학습 능력이 좋네요."

후미 선배가 장난꾸러기 아이를 바라보는 듯한 눈빛으로 눈을 홉뜬 채 나를 쳐다보았다.

"하라고 하셨잖아요."

대학생 정도의 누나가 상대였다면 좋아 죽었겠지만, 안타깝게도 겉모습이 초등학교 3학년생이라 그렇게까지 설레지는 않았다.

"아무튼, 덕분에 살았어요."

우후후, 후미 선배가 미소를 지은 채 말했다.

"평소에는 어떻게 하시는데요?"

"레이디가 어떻게 옷을 갈아입는지 자세하게 묻다니, 후배 군은 조숙하네요."

연상이라는 느낌이 전혀 안 드는 사람이 그런 식으로 말한들…….

하지만 (싸움에 강한) 치유계열 선배 덕분에 어찌어찌 알바 첫날을 무사히 마친 건 사실이었다.

불쾌한 손님이 왔지만 금방 잊을 수 있었고, 잔소리도 안 하고, 학교 이야기도 할 수 있었다. "수고하십다"라고 카운터 안쪽에 있는 점원에게 인사하고 둘이 가게를 나섰다.

후미 선배는 집이 근처라 걸어간다고 한다. 방향이 같아서 나는 자전거를 밀고 그 옆을 나란히 걸었다.

"후미 선배, 3학년에 키도코로라는 선배가 있잖아요?"

"아~ 키도코로 군. 네, 있죠."

"어떤 사람인가요?"

학교 선배라는 걸 알았을 때부터 계속 물어보고 싶었다.

"어떤 사람……? 저도 친하지 않아서 잘은 모르지만…… 미남이죠~. 엄청 인기가 있다는 건 알아요."

"그렇겠죠……."

분위기상 접점이 없을 것 같다는 예상대로 처음 듣는 정보는 아무것도 얻을 수 없었다.

후미 선배가 이쪽을 흘끔 올려다보았다.

"후배 군, 남자는 얼굴이 아니라 배짱이에요."

배짱이라. 그걸로 타카우지 양이 나를 좋아하게 된다면 얼마나 좋을까.

"남자는 배짱이다, 이거죠?"

"그래요. 이상한 아저씨가 와도 태연하게 대처하는, 알바 첫날 같지 않은 태도는 아주 대단하다고 생각했어요."

후미 선배 나름대로 나를 칭찬하는 것 같다.

"후미 선배의 '가르침' 덕분에 그렇게 보인 것뿐이고, 내심 무진장 당황했다고요."

하하, 나는 쓴웃음을 지었다.

“내심 어땠는지는 아무래도 좋고, 상대에게 동요했다는 걸 들키지 않는 게 중요한 거예요. ……혹시 후배 군은 선배를 추켜세우는 걸 잘하는 후배스러운 행동을 잘하는 후배 군인가요?”

이상한 지론을 실천한 것뿐인데 후배다운 행동이라고 할 수 있는 건가?

“멍멍이 계열 후배…….

“아마 아닐 걸요?”

후배다운 행동을 잘하는 남자를 두고 멍멍이 계열이라고 하지는 않잖아.

“제가 말하고 싶은 건, 남자는 여기가 중요하다는 거예요.”

후미 선배는 탁탁, 주먹으로 자기 가슴을 두드렸다.

가르침의 내용 자체가 치유계열 여학생답지는 않네.

“얼굴은 알기 쉬운 스테이터스니, 여러 여자에게 인기를 끌 수는 있겠죠.”

응응, 후미 선배는 늙은 스승처럼 진지한 얼굴로 고개를 끄덕이며 말했다.

“하지만 결국 인간적으로 어떤지 알려면, 직접 어울려 봐야 한다고 저는 생각해요.”

“지당하신 말씀입니다.”

나는 장난삼아 고개를 꾸벅 숙여 보였다.

“그런 기준으로 봤을 때, 후배 군은 ‘좋은 남자’라고 저는 생각해요."

후미 선배는 수줍은 듯이 말하더니 내 옆구리에 주먹을 날렸다.

"흐거억?!"

장난으로 가볍게 툭 치는 수준이 아니라 진짜로 아프잖아?!

이상한 부분에서 체육계열 같은 면모를 드러내지 말라고요…….

"저기, 후미 선배, 상대가 후배라고 무슨 짓을 해도 되는 건 아니거든요?"

내가 농담하듯이 말하자 후미 선배의 눈이 휘둥그레졌다.

"네?"

"……엑?"

후미 선배는 계속해서 어리둥절한 표정을 짓고 있었다.

""…….""

""어?""

이, 이 사람, 후배한테는 무슨 짓을 해도 된다고 생각하는 사람이다.

나오고 있어! 정신적 체육계열의 기질이!

이상한 부분에서 체육계열 같은 면모를 드러내지 말라고요(두 번째).

"어쨌든 뭘 그렇게 신경 쓰고 있는 건지는 모르겠지만, 후배 군은 마음적인 면에서는 좋은 남자니 자신을 가지세요."

"마음적인 면……."

후배다운 행동이나 내면은 칭찬해주지만――.

"절대로 겉모습은 칭찬하지 않으시네요."

"목소리도 좋고요."

"진짜 절대로 칭찬 안 해주시네요."

뭐, 칭찬을 받을 만한 얼굴은 아니니까. 평균 점수 45 정도일 테니까, 아마도.

"후배 군 주제에 겨드랑이에 손을 넣어서 들어 올리다니…… 아주 파렴치해요."

뭐가.

"제가 선배라 넘어가기는 하겠지만, 그건 정말, 그게…… 가슴을 만진 거나 다름없다고요!"

가슴이 거기 붙어 있지는 않을 텐데요.

"뒤에서 꿀 떨어지는 목소리로 '이게 좋은 거지?' 같은 야한 말을 속삭이질 않나……."

"그런 말 한 적 없어요."

아니아니아니, 하고 나는 손을 내저으며 강하게 부정했다.

망상과 현실이 뒤죽박죽 섞였잖아.

후미 선배는, 선배와 후배는 이러해야 한다는 편견을 갖고 있는 모양이다.

팍, 하고 후미 선배가 떠민…… 것 같다. 그런 것 같다고 생각한 건, 정신을 차려보니 내가 자전거를 놓치고 땅바닥에 엉덩방아를 찧고 있었기 때문이다.

아, 안 보였어.

무슨 짓을 당했는지 전혀 모르겠어.

"제, 제가, 이렇게 엉망진창으로 만든 건, 후배 군이 처음이에요."

넘치는 기쁨, 100배의 폭력으로 돌려드립니다, 뭐 그런 건가?

……무진장 민폐거든?!

나는 살며시 한숨을 내쉬고서 절레절레 고개를 가로저었다.

"치유계열 작은 동물처럼 귀여운데, 어디서 이런 흉흉한 기술을 익힌 거예요."

"다, 달콤한 말로 꼬시지 마세요————."

"내가 하고 싶은 말은 뒷부분이라고요——."

후미 선배는 자전거를 가뿐히 들어 올렸다. 초등학교 3학년처럼 생긴 저 몸의 어디에 저런 힘이 있는 거야. 이런 광경은 게임에서나 봤다고!

얼굴이 빨개진 걸로 보아, 아마도 쑥스러운 걸 얼버무리려고 저러는 것 같지만——.

"저기, 그거, 어쩔 셈이에요——?! 내 자전거!"

“오늘 만난 선배 후배 사이인데, 꼬시고 그러면 못 써요!”
그걸 그대로 나한테 던졌다.
“꼬신 적 없끄아아아아아아악?!”
흔히 말하는 여자력과 물리적인 힘은 같은 개념일까.
날아오는 자전거를 보며 그런 생각을 했다.
아무래도 꼬시려 한 적이 없다는 부분부터 설명해야 할 것 같은데…….

◆ 타카우지 사아야

스마트폰을 멍하니 바라보던 사아야는 쿡, 전원 버튼을 눌러서 화면을 껐다.
“…….”
그러다가 다시 잠금을 해제하고 앱을 켜서 아직 아카리와 아무 말도 주고받지 않은 대화방을 띄웠다.
엉겁결에 연락처를 교환하고 말았다.
그날 중에 간단한 인사라도 해뒀으면 좋았을 텐데, 금방 메시지를 보내면 너무 대화하고 싶어 안달이 난 것처럼 보이지 않을까? 라는 생각을 한 게 벌써 며칠 전이다.
그렇게 연락할 타이밍을 놓쳐서 오늘에 다다랐다.
오늘은 ‘만다리온 심야론’의 방송일. 오늘 밤을 놓치면 또 일주일 동안 연락을 못 할 거다.

SNS에는 같은 취미를 가진 동지, 라디오 청취자가 잔뜩 있지만 현실에서 만날 줄은, 심지어 옆자리에 앉은 남학생이 그럴 줄은 꿈에도 몰랐던 탓에 역 앞 햄버거 가게에서 한참 동안 수다를 떨고 말았다.

그때의 일을 회상해 보려 해도 기억이 불분명하다고 해야 할지, 솔직히 말해서 기억이 잘 안 났다.

라디오 이야기가 즐거웠다는 사실만이 기억에 남아 있다.

대화하는 게 즐거워서 아카리의 표정과 반응을 살피지도 않았던 것이다.

그러나 이튿날 다시 만난 아카리의 태도는 평소와 같았다. 평소와 마찬가지로 학교에서 제일 유명한 갸루인 세가와 하루와 이야기하고 있었다.

혹시 나에게 식겁한 건 아닐까――.

자신답지 않게 열을 올렸던 건 반성하고 있다.

그는 기회가 있으면 또 패스트푸드점에 데려가 주겠다고 약속했다. 게다가 같은 취미를 가졌다. 그런 사람은 처음이었다.

하고 싶은 말이 많았지만, 자신이 먼저 학교에서 그 화제를 금지한 탓에 더더욱 그쪽 관련 이야기를 할 수가 없었다.

신상이 들통나는 걸 방지하기 위한 일이었지만, 사실은

나도 더 많이 이야기하고 싶었다.

침대 속에서 사아야는 베개에 얼굴을 묻었다.

"어째서, 나는……."

지난주에 아카리와 라디오 관련 대화를 나눴을 때의 일을 사아야는 아직도 반성하고 있었다.

이상하다고 생각하지는 않았을까.

그 후 반장으로서 두어 번 대화하기는 했지만, 아카리는 지극히 덤덤했다.

기쁜 나머지 주체를 못 했다고 사과하면 될 일이었지만, 그것도 못 하고 있다.

내게 식겁한 건 아닐까, 라는 생각 때문에 사소한 메시지를 보내는 데에도 막대한 용기가 필요했다.

"같은 걸 좋아한다 해도 정도가 다를지도 모르는데……!"

지식과 이해력이 상대를 능가하면, 상대는 위축될 수밖에 없다.

그러나 한편으로는 방송 굿즈를 알아볼 정도의 열혈 청취자니 괜찮을 것 같기도 했다.

"하지만 평소의 나를 아니, 분명 이상하다고 생각할 거야……! 작년부터 같은 반이었던 데다 지금까지 그런 식으로 얘기를 한 적도 없는걸……!"

관심이 있는 분야…… 취미에 관한 이야기가 나오면 말을 주체할 수가 없다. 사아야는 오타쿠 기질이 넘쳐났다.

반대로 관심이 없는 분야에는 매우 냉담하다.

지금까지 앞서 말한 것과 같은 상황에 빠진 적이 전혀 없었던 탓에 뒤에 말한 것이 타카우지 사아야의 이미지로 정착되었다. 사아야 본인도 그 사실을 안다.

“아우으으으으으.”

베개로 신음을 죽이며 늘씬한 두 다리를 파닥거린다.

‘메일 투고 열심히 해주세요.’

아카리가 교실에서 했던 말이 뇌리에 떠올랐다.

‘네가 말 안 해도 열심히 할 거야.’

생각만 해도 표정이 풀어진다.

“후훗.”

하지만 베개에 파묻었던 얼굴은 금방 원래대로 돌아왔다.

그렇다, 청취자 닉네임이 들통났기 때문이다.

그는 자신을 몹시 존경하는 듯 보였지만, 사아야가 보내고 있는 개그의 내용은 거의 야한 농담이다.

“~~~~크윽!”

그리고 같은 반 남학생이 그걸 듣고 있다……!

“……죽고 싶어.”

그냥 울어버리고 싶었다.

이미 보내버린 메일이 몇 통이나 있다.

아카리에게 채용률이 80%라고 거짓말을 했는데, 사실은 끽해야 10%다.

"계정 지우고 투고도 관둘까……."

'우지차'라고 등록된 트위터에는 팔로워가 약 육천 명이나 있다. 라디오 방송 공식 계정만 팔로우 해놓은, 그야말로 라디오 전용 계정이다.

그것들을 무(無)로 되돌리려니 지금까지 해온 일이 없어지는 것 같아서 꺼림칙했다.

"라디오 얘기만 하면 갑자기 수다스러워지고, 치즈버거나 감자튀김이라면 사족을 못 쓰는 데다 라디오 방송에는 야한 농담을 마구 투고하는 이상한 여자애……."

객관적인 정보를 늘어놓고 보니 충분히 위험한 여자 같았다.

"아우으으으으."

다시 베개로 신음을 죽이며 늘씬한 두 다리를 파닥거린다.

더불어 타카우지 사아야는 엉큼한 여자라고 생각할 가능성도 있다.

"개그랑 본인의 기질은 별개야, 다르다고. ……정말 다르다고."

머릿속에 떠오른 걱정거리에 사아야는 스스로 답을 했다.

"개그는 개그. 성적 취향이나 기호하고는 상관없어."

만약 착각이 있다면 아카리에게 그렇게 말해주고 싶었다.

두서없는 생각이 떠올랐다가 사라지는 가운데, 아카리에게 가볍게 연락하고 싶다는 생각이 들고서 어언 한 시간이 지났다. 이상한 여자애, 야한 여자애라는, 어쩌면 하고 있을지도 모를 오해를 풀고 싶지만 이미 식겁했을지도 모른다고 생각하니 용기가 나질 않았다.

그때.

띄워두었던 대화방에 아카리가 보낸 메시지가 떴다.

"후와아아악?!"

착신음에 놀라서 엉겁결에 이상한 비명을 지르고 말았다.

『오늘 밤 방송이네.』

곧이어 방송 공식 스탬프(이모티콘)도 올라왔다.

"앗. 나도 이거 있는데!"

말을 쏟아내며 같은 스탬프를 찾았다.

사기는 했지만, 쓸 일이 지금까지 전혀 없었던 스탬프였다.

긴장하며 같은 스탬프를 송신했다.

탁.

……읽음 표시가 안 뜬다.

……기다리고 있는데.

타카우지 양도 그거 갖고 있구나! 같은 답변이 바로 올 법도 한데.

그러면 그걸 계기로 이야기꽃을 피울 수 있을 텐데.

읽음 표시가 뜰 낌새가 없다.

…………………….

반응이 무섭다.

긴장된다.

"어, 어째서! 키미시마 군하고 메시지를 하는 것뿐인데, 어째서 내가 이렇게까지 긴장해야 하는 거냐고……!"

나 참, 심호흡과 구분이 안 될 만큼 요란한 한숨을 내쉬었다.

지난주 귀갓길에 늦게까지 기다리고 있겠다고 말해주었던 아카리의 얼굴이 머리에 떠올랐다.

민폐가 될지도 모른다고 말한 것뿐인데 어떻게 밤늦게 연락하고 싶어질지도 모른다는 뜻이라는 걸 알아챈 걸까.

실시간 청취자끼리 사소한 메시지를 주고받고 싶었다.

통화도 하고 싶었다.

감상을 주고받고 싶었다.

"…………."

그런데 읽음 표시가 안 뜬다. 방송 공식 스탬프를 보냈는데. 신이 나서 말을 주고받는 전개가 벌어질 만한 일인데.

그때, 드디어 읽음 표시가 떴다.

"………………어, 어라?"

이번에는 답이 없다.

좋아하는 방송과 관련된 건데.

"어, 어째서?"

이야기를 좀 하다가 오해를 바로잡으려고 하고 있었는

데, 대화가 오갈 낌새가 없다.

나는 야하지도 않고, 이상한 여자도 아니라고 해명할 예정이었다. 특히 야하다는 이미지는 방치할 수 없다.

띄엄띄엄, 메시지가 오가는 속도가 느린 탓에 긴장감만 커졌다.

말해야 해. 말해야 해. 말해야 해. 말해야 해.

머릿속으로 그 말만 되뇌었다.

타, 다, 닥.

급한 마음에 메시지를 입력하자마자 송신했다.

『나, 야한 짓은 한 적 없어.』

이제 됐다.

후우~. 한 건 일을 마친 듯한 얼굴로 사아야는 힘껏 고개를 끄덕였다.

◆ 키미시마 아카리

『오늘 밤 방송이네.』

썼다가 지웠다가, 또 같은 문장을 썼다가를 반복하며 고민하기를 어언 한 시간.

나는 겨우겨우 타카우지 양에게 메시지와 스탬프를 보냈다.

보낸 것은 '만다리온 심야론' 공식 라인 스탬프. 아는 사람만 아는 스탬프지만, 엽서 장인인 타카우지 양이 모를 리는 없을 거다.

사실 메시지를 더 길게 쓰고 싶었지만, 처음부터 장문을 보내는 건 좀 징그럽겠지? 라는 생각 때문에 깎아내고 깎아내서 그렇게 됐다.

모처럼 좋아하는 사람이 직접 라인 아이디를 교환하자고 말하지 않았는가.

연락하지 않는 선택지는 없다.

하지만 그건 반장 업무 연락용이라고 했다.

어쩌면 무시할지도 몰라……. 그러면 내일 학교에서 얼굴 보기가 거북해질 텐데.

아닌 게 아니라 못 알아챌 가능성도 있고——.

그런 생각을 한 지도 어언 한 시간.

나는 메시지를 보낼 타이밍을 놓치고 말았다.

"아아아아~! 그냥 보내지 말 걸 그랬어!"

밤에 방에서 혼자 버둥거리던 중.

내가 보낸 메시지에 읽음 표시가 떴다.

봤……어…………!

다, 답장이 올까……?!

스마트폰 화면에 슬쩍 반사된 내 눈에는 핏발이 서 있었다.

하지만 좀처럼 답장이 올 기미가 없다.

기다리는 시간이 점점 무서워져서, 나는 앱을 껐다.

그러자 착신음이 울렸다.

내려놓았던 스마트폰에 달려들어 확인해 보니 타카우지 양의 답장이 도착해 있었다.

대화방 목록에 『스탬프가 도착했습니다』라는 표시가 있었다.

"————!"

무심결에 승리의 포즈를 취했다.

방에서 혼자 진심 어린 승리의 포즈를 취하고 있는 내가 창문에 비쳤다.

"……."

쪽팔려.

이야~, 해냈군요. 진짜로 답장이 안 올 줄 알았는데. 네. 답장이 와도 '이건 반장 업무 연락용이야'하고 퇴짜를 놓을 가능성도 있었으니까요. 거기에 스탬프로 답장이 왔다는 건, 마음 편히 답장했다는, 적어도 심각한 분위기로 몰고 갈 생각은 없다는 의사표시로 봐도 되지 않을까요.

나는 머릿속으로 MVP 인터뷰 놀이를 하고 있었다.

"타카우지 양도 스탬프를 쓰는구나."

의외다.

그런 건 안 쓸 줄 알았는데.

라디오 이야기를 할 때의 반응으로 미루어, 사실은 더 많은 이야기를 하고 싶은 걸지도 모른다.

굳이 말하자면 '학교 타카우지'가 타카우지 양의 학교에서의 이미지다. 다들 그게 타카우지 양의 솔직한 모습이라고 생각해서 말을 걸기 어려워한다. 전혀 편히 말을 걸 분위기가 아니니까. 요격 시스템을 탑재하고 있으니까. 까탈스러운 성격처럼 보일 정도니까.

그렇듯 주변 사람들 어려워한다는 걸 알기에, 타카우지 양도 거리를 두는 식으로 마음을 쓰고 있는 걸지도 모른다.

"하아~. 다행이다, 다행이야."

스탬프 뿐이기는 해도 내 메시지에 답변을 해줬다.

그것만으로도 대만족이다.

내가 이렇게까지 적극적인 태도로 나설 수 있게 될 줄은 꿈에도 몰랐다.

스테이터스에【간이 큼】이 추가된 덕분일까.

'모처럼 좋아하는 사람이 직접 라인 아이디를 교환하자고 말하지 않았는가.'

'연락하지 않는 선택지는 없다.'

무의식적으로 그런 생각을 할 정도가 된 걸 보면, 이것도【겁쟁이】에서【소극적】, 그리고【간이 큼】으로 배짱 계열 스테이터스가 성장한 덕분일 거다.

만약 아무 변화도 없이 【겁쟁이】 상태였다면 모처럼 연락처를 교환했음에도 겁을 먹고 아무것도 하지 않았을 가능성도 충분히 있었다.

"스테이터스를 눈으로 확인할 수 있는 덕에 나 자신에게 자신감이 생긴 거겠지."

가시화할 수 있다는 것에 대한 영향은 크다고 생각한다.

음음, 하고 나는 승리의 원인을 분석했다.

그렇게 성공의 여운에 젖어있기를 10분.

그러고 보니 어떤 스탬프를 보냈을까.

그제야 그게 궁금할 만큼의 여유가 생겼다.

대화방에 들어가 보니 거기에는 내가 보낸 것과 같은 스탬프가 있었다.

"타카우지 양도 갖고 있네!"

역시 '우지차' 님. 열혈 청취자로서도 나보다 높은 경지에 있을지 모른다.

하지만 스탬프만 보내고 다른 메시지를 보내올 낌새는 없었다.

대화는 이걸로 끝이라는 의사표시일까.

스탬프만 보낼 수밖에 없는 상황일지도 모른다.

"그러면 내일 학교에서 잠깐 이야기해볼까."

얼마쯤 지나자, 끝난 줄 알았던 대화에 새로운 메시지가 도착했다.

『나, 야한 짓은 한 적 없어.』

갑자기 뭐야?!
어떤 문맥에서 튀어나온 거지?!
키도코로 선배하고는 아직 아무것도 안 했다는 뜻인가?
야한 짓은 한 적이 없다…….
아무 말도 안 했는데 본인이 먼저 그렇게 말하면 오히려 야하게 느껴지지 않아?? 라는 생각이 드는 건 나쁜일까.
타카우지 양이 야한 사람일지도 모른다는 망상을 떨쳐내듯이 나는 고개를 가로저었다.
"야한 농담을 좋아한다고 본인이 엉큼할 리가 없잖아…… 초짜도 아니고."
나 자신을 타이르는 의미에서 현자처럼 말을 내뱉어 보았다.
야한 농담을 좋아하기는 하지만 '우지차' 님과 타카우지 양은 별개의 존재다.
그렇다면 무슨 뜻일까.
그걸 물어보려고 메시지를 적고 보니 상당히 직접적이라고 해야 할지, 어쩐지 문장이 차갑게 느껴지는 것 같았다.
그러면 전화를……?

스톱스톱.

TV나 토크 버라이어티 방송에서 여성 배우가 '성질만 급한 여유 없는 남자는 싫어요'라고 하는 걸 꽤 많이 봤던 것 같다.

반응이 있었다고 꼬리를 붕붕 흔들며 전화를 걸어대면 그런 성질 급한 남자로 보일 거다. 그건 좋지 않다.

"내일 자연스럽게, 은근슬쩍 물어볼까……?"

이게 제일 무난할 것 같다.

이제 두 시간 정도 후면 방송이 시작된다.

이번 주 방송도 실시간으로 청취하기 위해, 나는 언제든 누울 수 있도록 준비를 해두기로 했다.

3 다툼

후와암, 나는 몇 번째인지 모를 하품을 했다.

“매주 그렇지만 아카리, 졸려 보이네.”

등교 중, 오늘도 금발을 보란 듯이 바람에 나부끼며 하루가 내 얼굴을 보고 말했다.

“실시간 청취하는 찐팬이니까.”

“나중에도 들을 수 있잖아? 밤늦게 들을 필요가 있어?”

“이 아가씨가 뭘 모르네.”

생방송 특유의 라이브감이나 그로 인한 트위터를 비롯한 SNS의 반응 등, 실시간 청취에서만 느낄 수 있는 즐거움이 있건만.

“앱으로 다음 날 듣는 건 그냥 녹음 방송이잖아.”

“녹음이면 뭐 어때.”

“좋아해서 실시간으로 듣고 싶은 거라고.”

그런 거야? 하루는 아직도 의아하다는 듯이 말했다.

타카우지 양도 실시간으로 듣고 있다고 생각하니 그것만으로도 밤늦게까지 깨어 있을 가치가 충분히 있을 듯했다.

“아, 맞다. 나, 알바 시작했어.”

가끔 저녁을 해주시는 하루네 어머니께는 하루를 통해 전해야지.

“알바? 왜?”

"돈이 필요해서."

"당연히 그렇겠지. 왜 돈이 필요해졌냐고 묻는 거야."

"옷이 촌스러운 거 같아서. 이것저것 새로 사려고."

"아아, 드디어 깨달았구나……."

"야, 진지한 말투로 에둘러서 촌스럽다는 걸 긍정하지 마."

거짓말이라도 좋으니 일단 촌스럽지는 않다고 말해주길 바랐는데.

"그도 그럴 게, 몇 년 전에 산 옷? 같은 게 많잖아. 최근에 옷 산 게 언젠데?"

"중학교 3학년 이맘때였던 것 같은데……?"

에에엑……. 하루가 쓰레기장을 보는 듯한 비난 섞인 눈빛을 보내왔다.

"그러면…… 같이 사러 갈래? 어차피 아카리 혼자서는 어떤 게 좋은지 모를 것 아냐."

얼굴은 앞을 본 채, 하루가 나를 흘끔 쳐다보았다.

옷 가게 점원분을 못 믿는 나로서는, 그 제안은 하늘에서 온 동아줄이었다. 이럴 때 남을 잘 챙겨주는 하루의 성격이 드러난다.

"가루남으로 만들 셈이지~?"

"그런 짓 안 해."

장난스럽게 하루가 가볍게 보디 터치를 했다.

장난을 칠 때는 이 정도가 적당하다고. 힘이 제대로 실린

공격을 누가 달가워하겠어.

“진지하게 말하자면, 고마워.”

“어차피 아카리는 방과 후에 시간도 빌 테니 오늘 갈까?”

“어차피라니, 말이 심하잖아.”

반장으로서 해야 할 잡일이 있다고. 끝나고 나면 아무 일정도 없지만.

“근데 돈이 없어.”

“윈도쇼핑이라고 들어봤어?”

“그 정도는 나도 알아.”

“어떤 게 필요한지 알아야 돈이 얼마나 필요한지도 알 것 아냐.”

“……일리 있네.”

“당연하지.”

통학로에 등교하는 학생들이 서서히 늘어나기 시작하더니 역 쪽에서 수십 명에 가까운 인원이 줄지어 걸어왔다.

나는 그중에서 타카우지 양을 찾아냈다.

친구 한 명 없이, 혼자서 담담하게 걷고 있다.

“타카우지 양은 혼자 있을 때가 꽤 많네.”

“사야 짱은 친구가 없잖아.”

“어, 진짜?”

교실 안에서는 곧잘 누가 말을 걸고는 하기에 많을 줄 알았는데.

"숙제 베끼게 해달라거나, 노트 보여 달라고 하거나, 그런 게 많은 것 같아. 좋게 말하면 의지하는 사람이 많다고 할 수 있겠지만 말야~. 그렇게 무슨 일이 있을 때만 친구인 척하는 거야. 같은 여자지만 그런 건 참 싫단 말이지."

이렇게나 교칙 위반의 결정체 같은 차림새를 하고 있으면서 정곡을 찌르는 소릴 해서 당황스럽단 말이지.

부탁을 받으면 거절하지 못하는 것도 거절 못 하는 성격 때문일까.

그렇게 친구인 척하는 녀석들이 주변에 있는 탓에 타카우지 양은 솔직한 자신을 드러내지 못하는 게 아닐까. 진짜 친구라면 패스트푸드점에 들르고 싶다고 말한다고 무시하지는 않을 테니까.

"……아카리, 뒷문으로 가자."

"왜?"

"맛총한테 걸리면 또 시끄럽게 굴 테니까."

"그러면 혼자서……."

이 속도로 걸으면 타카우지 양과 출입구에서 딱 마주칠 거다.

"가자."

"엇, 야――!"

하루가 손을 잡아끄는 바람에 나는 정문으로 향하는 길을 조금씩 벗어나 뒷문 쪽으로 걸어가게 됐다.

"새 옷 사고 싶다고 한 거, 사야 짱 때문이야?"
"…………아니, 그런 거 아닌데."
"그런 거 맞네, 뭘."
하루는 쓴웃음을 짓더니, 곧바로 환한 미소로 표정을 바꾸었다.
"뭐, 내가 최강의 옷을 찾아줄 테니까 나만 믿어!"
나의 소꿉친구는 왜 이렇게 믿음직스러울까.
어쩌면 어젯밤에 받은 메시지의 의미도 하루라면 알지도 모른다.
"저기, 하루. 어젯밤에 타카우지 양이 '나, 야한 짓은 한 적 없어'라는 메시지를 보내왔는데——."
"어, 뭐가 어쨌다고? 뭐? 응?"
아아, 정보량이 너무 많았나 보네.
"반장 업무 연락용으로 라인 아이디를 교환했거든."
"헤, 헤에. 잘됐네."
"응. 그래서, 아까 말한 메시지를 받았는데, 어떻게 생각해?"
"갑자기……? 나도 사야 짱이랑 친한 건 아니라서……. 으음…… 아카리가 뭐 이상한 소리해서 그런 거 아냐?"
이상한 소리? 이제 곧 라디오 방송을 하겠네, 라는 게 그렇게 이상한 말인가?
"아카리도 그렇지만, 내가 보기에 사야 짱은 커뮤니케이션 장애가 있는 것 같거든."

"타카우지 양이 커뮤니케이션 장애……?"

사교성이 좋은 하루는 나한테 없는 센서라도 탑재하고 있는 건가?

그런 식으로 생각한 적은 한 번도 없었다.

"대화를 주고받는 게 서툴러 보이잖아."

짚이는 바는 있었다.

햄버거 가게에서 이야기했을 때, 내 반응을 살피지 않고 계속해서 화제를 바꾸던 모습이 떠올랐다. 나도 비슷한 짓을 하긴 했지만.

"허둥지둥 생각한 끝에, 사야 짱이 혼자서 머릿속으로 그런 답을 내놓은 것 아닐까. 잘은 모르겠지만."

정숙하다고 해야 할지, 새침한 얼굴을 하고 다니는 타카우지 양의 모습에서는 상상도 안 되는 전개다.

타카우지 양이 허둥지둥했다고?

연결 복도를 통해 교사로 들어가, 신발장이 있는 곳까지 돌아가서 실내화로 갈아 신고 교실로 향했다.

마총과의 조우를 피하고 싶은 하루는 부지런히 주위를 살폈고, 복도를 걸을 때도 경계를 늦추지 않았다.

교실에 가는 동안 몇 명이나 되는 남녀 학생들이 하루에게 말을 걸었다. 다들 친해 보였다. 타카우지 양한테 말을 거는 녀석들은 저런 분위기가 아니긴 했지…….

교실에 들어가 보니 타카우지 양은 이미 등교해서 가방 안과 책상 안을 뒤적거리고 있었다.

평소에는 안 하지만, 아침에 학교에서 만나면 인사를 해야 한다…….

초등학생들도 아는 사실이다.

평범하게 인사하면 돼…….

라인으로 짧게나마 메시지를 주고받았고, 요전에 그렇게나 수다를 떨었으니까.

"타, 타카우지 양…… 좋, 은 아침."

내 인사를 들은 타카우지 양은 인사나 할 상황이 아닌지 작은 목소리로 "좋은 아침"이라고만 답했다.

무시당하지 않아서 다행이다…….

안도의 한숨을 내쉬며 나도 자리에 앉았다.

하루가 말했듯이 만약 내가 이상한 소릴 했던 거라면, 야한 짓을 한 적이 없다는 발언은 그냥 넘기는 게 좋을지도 모른다.

말 그대로의 의미라면 아주 좋은 일이니까.

"뭐 찾아?"

"……응, 그냥 좀."

뭔가를 되짚듯이 타카우지 양은 복잡한 표정을 짓고 있었다.

"어제 방송, 난 실시간으로 들었는데──."

나도 모르게 스위치가 켜져 버린 동시에, 요전에 들었던 말이 귓속에서 되살아났다.

"아, 미안. 이 이야기는 금지였지."

"아── 저기, 괜찮아."

"괜찮다고?"

"그게…… 학교에 있을 때도, 단둘이 있을 때는……."

학교에서 단둘이 있을 때는……?

너무 청춘스러운 단어다. 파괴력이 너무 높지 않아?

"그, 그럼, 둘이 있을 때만 얘기할게."

아침의 이 3분 남짓한 시간 동안 만족스러운 전과를 얻고 말았다.

이제 집에 가도 될까요?

자꾸만 풀어지려는 표정을 숨기고자 책상에 엎드려 있는 동안, 통로 건너편에 있는 옆자리에서는 부스럭부스럭 소리가 계속되었다.

타카우지 양을 흘끔 쳐다보니 난감하다는 듯이 눈썹 끝이 처져있었다.

난감해하는 얼굴도 예쁘고 귀여워.

……징그럽다, 나.

예전 같았으면 그냥 보고만 있었겠지만, 지금은 다르다. 마주 보고 인사를 주고받는 정도의 커뮤니케이션은 할 수 있다.

"왜 그래?"

내가 다시 묻자, 타카우지 양은 주변을 확인하더니 손으로 입가를 가린 채 조용히 말했다.

"개그 수첩이 없어."

"개그 수첩?"

"응……. '우지차'의 개그 수첩."

그런 게 있었어?

"잃어버린 건지, 집에 두고 온 것뿐인 건지, 기억이 안 나서."

"뭐가 적혀 있길래……."

"키미시마 군이 아는 것의 열 배는 더 되는 양의 개그가 적혀 있어."

야한 농담이 적혀 있다는 거구나. 확신했다.

그래서 이것도 아니고, 저것도 아니고, 하면서 허둥지둥 도라에몽처럼 가방 안을 뒤지고 있었던 건가.

한창 나이대의 여고생이 이상한 야한 농담을 적어둔 노트의 주인이라는 사실이 알려지면 좋을 게 없을 거다.

모두가 학교 제일의 미소녀라고 인정하는 타카우지 양이니 더더욱 그러리라.

누군가가 개그 수첩을 발견해서 주인을 알아내면 타카우지 양은 엉큼하다고 남학생들이 오해할 거다.

그렇게 되면 분명 지금보다도 더 남자들이 와글와글 몰

려들 것이다.

"나 참…… 개그로서 야한 농담을 좋아하는 거지, 야한 걸 좋아하는 게 아니라고, 초짜 같으니."

가공의 흑심을 품은 남자들을 향해 나는 숙련자라도 되는 양 중얼거렸다.

하지만 보통은 그렇게 생각하지 않겠지.

나도 타카우지 양이 야한 농담을 보내는 엽서 장인, '우지차'라는 사실을 알기에 그렇게 생각하는 것뿐이니까…….

"맞아."

내 말이 들렸는지 타카우지 양이 동의했다.

"난 야한 짓은 해본 적이 없는걸."

글쎄, 묻지도 않았는데 그런 말을 하면 엄청 의식하게 돼서 거꾸로 엉큼하다는 오해를 살 수도 있다니까, 타카우지 양.

……응? 이 맥락 없는 대화는 어제 라인으로 주고받은 말과 같은데.

야한 농담을 지어낼 정도니 엉큼한 것 아닐까? 라고 내가 생각할지도 모른다고 생각해서 그렇게 말했던 게 아닐까.

"타카우지 양, 나를 다른 남자애들이랑 같다고 생각하지 말아줘."

나는 의연한 태도로 말했다.

"어?"

예상치 못한 발언이었는지 눈이 휘둥그레졌다.
“그게, 무슨……?”
하얗고 가녀린 목이 조용히 움직이는 게 보였다.
타카우지 양은 긴장한 표정이었다.
“저, 저기, 만약 그런 이야기를 하려는 거라면, 장소를 바꿔줬으면 하는데—— 여긴 교실이고.”
“열혈 청취자인 키미시마 아카리를 얕보지 말라고. 나는 엉큼한 것과 야한 개그를 좋아하는 것뿐인 것도 구분 못 하는 초짜가 아니야.”
어디까지나 ‘우지차’ 님의 작풍일 뿐, 타카우지 양의 개인적인 성질이 그런 것은 아니다.
“……아, 그런 뜻이구나.”
살짝 붉어진 뺨을 감추려는 듯이 타카우지 양은 두 손으로 뺨을 가렸다.
“차, 착각할 뻔했어…….”
그보다 지금은 타카우지 양의 개그 수첩을 무사히 되찾는 게 우선이다.
“집에 두고 온 거 아니야?”
“늘 가방 안에 넣고 다니는데…….”
하지만 그게 지금은 보이지 않는다는 건가.
뭔가를 꺼내다 떨어뜨린 건지, 잃어버린 건지. 가져오지 않은 것뿐인지. 집에 두고 온 거라면 상관없지만 학교 안에서 잃어버린 거라면 좋지 않다.

"스마트폰에 적는 게 아니었구나."

"디지털보다 아날로그적인 방법으로 쓸 때 더 많은 게 떠올라서."

시험해 본 적이 있는데 노트에 적을 때 더 글이 잘 써졌다고 한다.

개그 수첩이 없다는 사실은 등교한 뒤에 알아챘다는 모양이다. 마지막에 사용한 건 어제 수업 시간 중이라고 한다.

그렇다면 학교에 있을 거다.

그때, 낄낄대고 웃는 남학생 두 명의 목소리가 교실 뒤편에서 들려왔다.

"'파이 곱하기 3은 바삭바삭바삭'이라고 적혀 있어."

듣고 있던 타카우지 양이 뒤를 확 돌아보았다.

"아아, 어제 발견한 노트?"

"뭘까, 이 낙서는. 내용도 이상하고 재미없어."

타카우지 양이 살며시 숨을 죽이더니 하얀 손가락으로 스커트 자락을 꼭 움켜쥐었다.

"이거 말고도 비슷한 게 엄청 많이 쓰여 있어, 이거."

"어디 한 번 봐봐——."

두 명의 남학생이 낄낄거리는 게 신경 쓰였는지 주변에 있던 애들 몇 명도 모여들어 노트를 들여다보기 시작했다.

다들 키득키득, 웃고 있었다.

개그를 보고 웃은 게 아니라 그걸 적은 사람을 비웃는 것이라는 게 느껴지는 웃음이다.

내가 일어서자, 나도 모르게 힘이 실렸는지 덜컹, 하고 큰소리가 났다.

주변에 있던 애들이 놀라서 쳐다봤지만, 정작 그 집단은 내가 일어난 걸 알아채지도 못했다.

그쪽으로 성큼성큼 다가가서 녀석들 사이에 끼어들었다.

"그거, 내 노트인데. 돌려줄래?"

애써 냉정한 척 말했지만, 속으로는 화가 났다.

"어, 어……?"

절반은 의아해하고, 나머지 절반은 소리 죽여 웃고 있었다.

"이거 키미시마, 네 거야?"

"뭐 이런 걸 적어놨냐. 하나도 재미없구만."

메시지로 옮기면 말끝에 'ㅋ'이 붙을 것 같은 투로 웃으면서 노트를 덮어 나에게 건넸다.

아마 이전의 나였다면 친하지도 않은 남자 놈들 몇 명에게 이런 소리를 들어도 속으로 툴툴대기만 하고 배시시 웃으며 도망치듯이 자리를 떴을 거다.

하지만 지금은 달랐다.

스커트를 움켜쥐던 타카우지 양의 손가락을 떠올리자, 아무 말도 없이 웃어넘길 수가 없었다.

"남의 노트 보고 웃지 마."

감정을 억누른 목소리는 무척 차갑게 느껴졌다.

"누가 뭘 쓰든 무슨 상관이야."

남자 녀석들은 어안이 벙벙해져서 서로 얼굴을 마주 보았다.

"그리고…… 재미없지 않아."

반에 있는 모두가 나를 보고 있는 게 느껴졌다.

교실에 긴장감이 감도는 것 같아 그대로 자리로 돌아가기 껄끄러워서 나는 교실을 뒤로했다.

"아, 키미시마 군~! 지금 출석 부를 건데."

복도로 나가자, 뒤에서 담임 선생님이 불렀다.

"죄송해요, 화장실 좀 다녀올게요."

못 참겠니~? 라고 물었지만 나는 가볍게 고개만 끄덕여 답하고서 복도를 걸어갔다.

화장실에 가겠다는 건 그냥 핑계다.

정처 없이 걷다가 안뜰에 자리한 벤치가 보이기에 거기에 앉았다.

"…………거북해서 어떻게 교실로 돌아가지?"

하지만 후회는 안 된다. 수업이 시작될 때까지 여기 있다 가자.

그렇게 생각하고 있자 하루가 이쪽으로 다가왔다.

"선생님이 출석 부를 거라고 하던데."

"그 말 그대로 아카리한테 돌려줄게. 그리고 난 개근상 받을 생각 없으니까 상관없거든~."

그렇게 말하며 하루가 옆에 앉았다.

"어쩐 일로 그렇게 화가 난 거야?"

"화난 거 아냐……."

아니, 그렇게 보일 수밖에 없으려나.

"이거, 아는 애가 잃어버린 노트인데 그걸 보고 웃잖아, 저 녀석들이."

"흐응~."

하루가 입술을 삐죽거리며 맞장구를 쳤다.

"바보리 주제에 건방져~."

대형견을 쓰다듬듯이 하루가 내 머리를 마구 쓰다듬었다.

"아, 야, 잠깐, 하지 마."

"어쩐지 그럴 것 같더라니. 아카리는 자기 일로는 화 안 내잖아."

다 안다는 식으로 말하기는…….

뭐, 나를 제일 잘 아는 건 하루니 다 안다는 식으로 말해도 딱히 상관은 없나.

"내가 대~충 잘 말해둘게. 바보리도 반성하고 있었다고."

"반성은 안 하고 있지만."

"거짓말도 써먹기 나름이야. 그런 걸 두고 처세술이나 유연한 대응이라고 부르는 거고. 서로 거북해하지 않아도 되니 좋지 않아?"

"좋지요."

"뭐어, 맡겨두시게나."

이 녀석, 자기는 상관없는데 정말 좋은 녀석이라니까.

"하루는 왜 남친이 없는 걸까."

"뭐어? 뭐야, 갑자기. 죽을래?"

눈을 가늘게 뜨더니 나를 날카롭게 노려보았다.

하루를 잘 몰랐다면 '갸루 무서워'하고 피했겠지만, 어릴 적부터 알고 지낸 덕에 나는 겁이 나지 않았다.

"아니, 왜. 겉모습은 무진장 요란하지만, 자세히 보면 귀엽잖아."

"뭐, 뭐어어어어~? 가, 갑자기 뭐야……. 아, 아니, 자세히 안 봐도 귀엽거든?"

쑥스러운 걸 숨기려는 건지 뺨을 가린 채 앞으로 시선을 돌렸다.

"하루 같은 타입을 좋아하는 녀석도 있을 텐데."

성격은 내가 보장한다. 보다시피 좋은 녀석이다. 옳은 소리만 하지만.

"몸매도 좋고."

"어, 뭐야뭐야뭐야~? 소꿉친구면서 나 꼬시는 거야?"

기쁜 듯이 하루가 내 어깨를 쿡쿡 찔렀다.

"시끄러. 꼬시는 거 아니야."

"아니아니, 아니아니아니. ……아, 아카리는 나를 여자로 보고 있었던 거야? 가슴도 만졌잖아. 팬티도 봤고."

"방금 말한 거, 다 사고였잖아."

고의가 섞여 있기는 했지만, 만진 게 아니라 부딪친 거다. 본 게 아니라 보인 거고.

"여자로는 보이지. 완전 갸루같이 하고 다니지만, 이목구비는 또렷하고 몸매도 좋고, 다른 사람 잘 챙기고 착하고, 그런 애가 근처에 있는데 어떻게 안 그러겠어……."

화아아아아아끈, 하루의 얼굴이 갈수록 빨개졌다.

가슴도 크고 교복도 야하게 입고 다닌다는 말을 덧붙이려던 참에 탁, 하고 하루가 어깨를 떠밀었다.

"사야 짱을 좋아하면서. 나한테까지 꼬리를 치려 하다니, 1억 년은 이르거든?!"

내가 뭐라 대꾸하기도 전에 하루는 벤치에서 일어나 교사 쪽으로 걸어갔다.

"바보리는 양다리나 걸치는 바람둥이야!"

그러고는 혀를 쭉 내밀어 보이고서 떠나갔다.

양다리라니……. 일단 누군가와 사귀어야 성립하는 얘기잖아, 그건.

오히려 한쪽 다리조차 못 걸쳤거든?

하루의 모습이 보이지 않게 되었을 즈음, 스마트폰에 메시지가 도착했다.

타카우지 양이 보낸 거다.

『밋츤이 지난주 방송에서 '나는 다 이해헌다고 생각하는 팬이 젤루다가 촌스럽단 말이제……'라고 했던 거 기억해?』

기억한다. 들으면서 뜨끔했었기 때문이다.

뭐라고 답장할지 생각하던 중에 또 메시지가 도착했다.

『방과 후에 돌려줘.』

알았어. 나는 곧장 답장했다.

교사에서 새어 나온 웅성거리는 소리를 듣고 각 반의 HR이 끝났다는 사실을 알아챘다.

조금 거북하기는 하지만 이대로 땡땡이를 칠 수는 없는 일이다.

불안하지만 하루를 믿고 교실로 돌아갔다.

옆자리에 앉은 타카우지 양은 평소와 같아 보였다.

"……고마워."

나직한 목소리로 감사의 말이 들렸다.

"혼잣말이지만…… 개그는 글로 적으면 별로 재미가 없어. 진행자가 딴죽을 잘 걸거나 뉘앙스를 살려줘서 재미있는 거지……. 나는 그 사실을 알고 있어서 그렇게까지 화가 나진 않았는데……."

하지만 현실에서 대놓고 재미없다는 말을 들으면, 머리로는 그렇다는 걸 알아도 충격을 받기는 할 거다.

"어쨌든, 고마워."

혼잣말이라고 하니 흘려듣기로 했다.

옆자리를 보니 타카우지 양은 살며시 미소 짓고 있었다.

HR시간에 이동 수업이라는 공지가 있었는지, 다들 1교시 시간에 늦지 않으려고 우르르 교실을 나섰다.

그때, 좀 전의 남자 녀석들이 가볍게 말을 걸어왔다.

"그렇게 화를 낼 줄은 몰랐어. 미안하다."

"무시할 생각은 없었어."

몇 사람이 그렇게 말하기에 나도 사과했다.

"나도 분위기 이상하게 해서 미안해."

쓴웃음을 지은 채 집단에서 떨어지자, 하루가 히죽히죽 웃으며 다가왔다.

"사과도 할 줄 알고, 아카리도 어른 다 됐네~."

장난스럽게 가녀린 어깨를 부딪쳐 왔다.

"시끄러워."

아마 하루가 뭐라고 말해준 걸 거다.

"……고마워."

"후후후. 뭘 이런 것 갖고~."

그렇게 말하더니 하루는 친한 여자애의 부름을 받고 그쪽으로 갔다.

방과 후. 오후부터 내리기 시작한 비는 그칠 낌새가 없어서 교실 창문에 부딪혀 아래로 흘러내렸다. 일기예보에서는 기온에 비해 체감온도가 훨씬 낮아서 쌀쌀할 거라고 했다.

지금, 교실에는 나와 타카우지 양뿐이다. 타카우지 양은 학급일지를 적고, 나는 문단속이 잘 됐는지 확인하고 있다.

하루는 마지막 수업이 끝나자마자 친구 몇 명과 함께 돌아갔다. 어울리는 친구가 많은 하루는 오히려 오늘처럼 돌아가는 패턴이 많았다.

아무튼 윈도쇼핑은 다음으로 미루게 되었다.

"키도코로 선배는 오늘 안 와?"

"오늘은 반장 일이 있어서, 따로 돌아가기로 했어."

그렇다면 오늘은 혼자인가?

그렇구나, 라고 말하며 나는 사물함에서 체육복을 꺼냈다.

"춥지 않아? 무릎 담요 대신 써. ——아, 이거 빨래하고 아직 안 입은 거야."

"고마워."

조금 놀라며 타카우지 양은 내 체육복을 손에 받았다.

"어떻게 알았어?"

스테이터스에 【추위를 잘 탐】 항목이 있었던 데다 스커트를 입는 여자들이라면 더더욱 그럴지도 모른다고 생각했던 것이다.

"일기예보에서 쌀쌀할 거라고 했잖아."

아아, 하고 타카우지 양은 납득했다.

"그럼 고맙게 쓸게."

그렇게 말하며 내 체육복을 무릎 담요로 사용했다. 저걸 덮는다고 따뜻해질지는 모르겠지만 없는 것보다는 나을 거다. 타카우지 양의 무릎 위에 내 체육복이 있다고 생각하니 뭔가 기분이 묘하네.

누가 올지 모르는 일이니 이 틈에 얼른 노트를 돌려줘야지.

"내용은 안 봤어."

책상 안에서 노트 하나를 꺼내 건넸다. 오랫동안 사용했다는 게 아주 잘 느껴지는 너덜너덜한 노트였다.

평소에는 방과 후까지 일지를 다 썼지만, 오늘은 남기로 작정해서인지 지금 쓰고 있었다.

"그때, 내버려 뒀어도 괜찮았는데."

그때라는 건 아마 남자애들이 노트를 보고 웃었던 때를 말하는 것이리라.

"이렇게 오래된 노트를 쓸 별난 사람은 없을 테고. 어딘가에 팽개치면 그때 몰래 회수하면 되겠다고 생각했는데."

그 선택지도 없지는 않았다.

주인이 누구인지 모르는 노트를 두고 비웃던 남자애들은 금방 질려서 어딘가에 내팽개쳤을 거다. 폭풍이 지나간 걸 확인하고 소중한 물건을 주우러 가면 그만이다.

하지만 분하고 슬픈 듯한 그 표정을 보고 났더니 폭풍이

지나가기를 기다리고 있을 수가 없었다.

"'우지차' 님의 개그 수첩이잖아. 나도 한 명의 청취자로서 무시당한 게 분해서 도저히 가만히 있을 수가 없었어."

그런 이유도 있었다.

하지만 가장 큰 이유는 좋아하는 사람이 소중히 여기는 것과 생각을 그 녀석들이 비웃었기 때문일 거다.

"방송으로 들었으면 그 녀석들도 웃었을 텐데."

"아니. 그런 뜻이 아니라……. 키미시마 군이 남들하고 싸울 필요는 없었는데…… 그게."

흘끔 쳐다보니 학급일지를 쓰던 펜을 멈추고 할 말을 찾듯이 펜을 허공에 놀리고 있었다.

"당연히 고맙기는 하지만…… 그 이상으로 민폐를 끼친 게 미안해서."

"그런 거 신경 안 써도 돼. 라디오 동료잖아."

타카우지 양이 내게 시선을 보내왔다.

"……친구라는 뜻이야?"

"어? 응. 적어도 곤란한 일이 있을 때만 친한 척하며 타카우지 양을 의지하거나, 먹고 싶은 음식을 두고 비웃지는 않을 거야."

타카우지 양이 그 녀석들을 어떻게 생각할지는 모른다. 하지만 내가 아는 친구는 그런 게 아닌 것 같다. 타카우지 양이 입술을 꼭 깨무는 게 보였다.

"다른 사람들에게 맞춘 타카우지 양의 모습이 아니라 해도, 나는 이상하다고 생각하지 않을 거라고."

반응이 없기에 흘끔 안색을 살피자, 울먹이는 듯한 표정을 지은 채 감동하고 있었다.

"아아, 그리고 또. 그렇게 오랫동안 같은 화제로 이야기할 수 있는 상대도 흔치 않으니까, 친구라고 표현하는 게 제일 적절하지 않을까."

응응, 타카우지 양은 몇 번이나 고개를 끄덕였다.

"친구구나. 나랑 키미시마 군은."

평소에도 이런 식으로 새침한 표정 말고 솔직한 표정을 짓고 있으면 친구가 더 많아질 텐데.

그렇게 되면 아쉬울 것 같기는 하지만, 나에 대한 타카우지 양의 벽이 점차 낮아지고 있다는 증거일지도 모른다.

하루에게 말을 거는 방법을 배운 정도로는 커뮤니케이션을 취할 수가 없었는데, 내가 생각해도 제법 성장한 것 같다.

타카우지 양은 말을 고르다가 입을 열었다.

"인기 많지, 키미시마 군?"

"에이…… 내가 어딜 봐서."

"왜? 착하잖아."

살며시 웃으며 타카우지 양은 이쪽을 흘끔 훔쳐보았다.

착한 것만으로 인기가 많으면 누가 고생하겠어(먼눈).

하지만 그렇게 생각한다는 건, 나에 대한 평가가 그럭저럭 좋다는 뜻일까……?

"글쎄……."

전혀 인기가 없어서 쓴웃음만 지어졌다.

"자연스럽게 체육복도 빌려줬고, 민폐 같은 내 부탁도 들어줬잖아."

"부탁이라니? 햄버거 가게에 가기로 약속한 거?"

"그래."

"아직 그 뒤로 한 번도 안 갔잖아. 애초에 내가 가자고 한 거고. 민폐라고 생각 안 해."

"또, 또 있어. 늦은 밤에 연락해도, 답장해 주잖아."

"이미 몸이 실시간 청취에 익숙해져서 그 시간대는 늦은 밤 같지도 않아."

"그렇다면 다행이지만……."

"그 시간대에 졸리지 않은 건 타카우지 양도 마찬가지 아냐?"

"응, 나도 그래."

방과 후 단 둘뿐인 교실에서. 타카우지 양과 하잘것없는 대화를 나누고 있는 게 몹시도 신기하게 느껴졌다.

"라디오 이야기를 할 수 있는 사람이 타카우지 양뿐이라, 나도 모르게 말이 많아져."

나는 몇 번째인지 모를 변명 같은 말을 내뱉었다.

"나도 마찬가지니까, 신경 안 써."

"진짜 의외야. 방송에서도 자주 남자들만 들을 거라고 하잖아. 미소녀 여고생이 그 방송의 청취자라니……."

"미, 미소녀, 아니야……."

나직한 목소리로 타카우지 양이 부정했다.

뺨이 발그레해 보이는 건 아마도 기분 탓이 아닐 거다.

"세가와 양이 훨씬, 예뻐."

"타카우지 양 눈에는 하루가 그렇게 보이나 보네."

예~이, 하고 갸루 피스를 하는 하루의 모습이 머릿속에 떠올랐다. 이 말을 들으면 좋아하겠지.

"하지만 미소녀다운 걸로 따지면 타카우지 양이 압승이라고 봐."

"어, 어, 어딜 봐서."

도리도리, 라는 소리가 들릴 만큼 빠른 속도로 타카우지 양이 고개를 가로저었다.

겸손을 떠는 게 아니라 정말로 모르는 거라면 그건 그것대로 위험한 것 같은데……. 지금도 키도코로 선배 같은 이상한 남자가 집적거리고 있고.

"혼다도 '이쁜이들은 이 시간에 잘 거구먼. 청취자라 해봐야 죄다 아싸 같은 동정들이것제'라고 했잖아. 그러니까 난, 글러 먹은 여자야."

나도 떡밥 담당인 혼다가 장난으로 그런 말을 한 걸 기억한다.

타카우지 양은 자학을 하듯이 말하더니 살며시 미소 지어 보였다.

"그 후에 밋츤이 '여러 의미로 찐~한 팬들만 붙어있제' 라고 말한 것도 재미있었어."

"그래, 맞아!"

자신도 그렇게 생각했는지 타카우지 양이 격하게 동의해 주었다.

이전에도 그랬지만 오늘도 계속 이런 분위기였다.

척하면 착, 호흡이 척척 맞는다.

겨우 대화가 끊겼을 즈음, 어쩐지 진지한 투로 타카우지 양이 물었다.

"세가와 양하고는, 안 사귀는 거지?"

"나랑 하루? 아냐아냐. 초등학교 때부터 붙어 다녀서 자주 오해를 받기는 하지만."

"그래?"

타카우지 양치고는 보기 드물게 매우 민감한 질문을 한 것 같다.

문득, 창밖에 손을 흔드는 여학생이 보였다.

내 팬…… 아니, 그런 녀석은 없잖아.

"어, 어라, 쬐그만 선배네."

타카우지 양도 알아채고는 그렇게 말했다.

"쬐그만 선배?"

짚이는 사람이 한 명 있기는 하다.

"방송부 니시카타 선배. ……아는 사이야?"

생각했던 사람이 맞았다. 정말 이 학교에 다니고 있었구나.

방송부였나 보네. 그래서 목소리 성애자(?)였던 걸지도 모르겠다.

방송부에서 뭘 하는지는 전혀 모르겠지만, 곰곰이 생각해 보니 작년 동아리 소개 시간에 이름을 들었던 것 같기도 하다.

계속해서 손을 흔드는 후미 선배를 향해 나도 간단하게 손을 흔들어 답했다.

"친해?"

"후미 선배는 알바 선배야. 요전에 시작했는데 그때 만났어."

후미 선배가 창문을 열었다.

"후배 군~!"

딱히 볼일이 있었던 건 아닌가 보다. 후미 선배는 깡충깡충 뛰며 나를 불렀다. 어린애 같아서 귀엽다.

"네에네~."

나는 적당히 대답했다.

"둘이 친한가 보네. 후미 선배라고, 이름으로만 부르는 걸 보니.”

옆자리를 보자 타카우지 양이 휙, 하고 고개를 돌렸다.

“친하다고 해야 할지, 순종적인 부하로 인식되고 있다고 해야 할지…….”

그것도 친한 관계라 할 수 있다면 그런 거겠지.

타카우지 양은 탁 소리를 내며 학급일지를 덮었다.

“사실은, 선배가 기다린다고 했지만 먼저 가라고 했어.”

“아아, 노트를 받아야 해서?”

그러면 타카우지 양은 키도코로 선배한테 취미에 관한 이야기를 안 했다는 뜻일까.

“……아니야.”

아닌 모양이다.

“아니야.”

두 번씩이나 부정할 필요는 없지 않아?

타카우지 양은 불만스럽게 입술을 삐죽거리고 있다. 삐친 건가? 평소 짓지 않는 표정과 평소 짓는 표정의 격차 때문에 더더욱 귀여워 보였다.

타카우지 양은 가방을 들고 자리에서 일어났다.

“그럼 갈게, 문단속 잘 해줘.”

“아, 응.”

그러고는 시시하다는 듯한 표정을 지은 채, 교실에서 나갔다.

나, 뭔가 지뢰를 밟은 건가……?

사고를 쳤다는 자각은커녕 뭘 잘못했는지도 모르겠다. 일단 사과하고 볼까도 싶었지만, 하루와의 경험상, 의미 없는 사과나 엉뚱한 이유로 사과하면 더더욱 기분이 상할 가능성도 있다.

원인을 모른다면 괜히 건드리지 않는 게 무난한 대응이다.

언짢아하는 얼굴도 귀엽다. 하지만 그 이상으로 실례라도 한 걸까 싶어서 걱정되고, 어째서 기분이 상한 건지도 알고 싶다.

"타카우지 양!"

나는 신발장으로 향하는 타카우지 양을 뒤쫓았다. 방과 후, 취주악부의 연주 소리가 희미하게 들리는 교사 안.

내 목소리를 못 들었을 리가 없을 텐데도 타카우지 양은 멈출 낌새가 없었다.

"잠깐만. 내가 뭐 잘못했어?"

신발장에서 따라잡아 생각한 바를 그대로 물었다.

"아무 잘못도 안 했어."

"그럼 어째서——."

말을 이으려던 그때, 턱, 하고 뒤에서 누군가가 나에게 부딪혔다. 그 사람은 눈앞에 있는 타카우지 양의 옆으로 갔다.

이 헤어스타일, 고쳐 입은 교복, 뒷모습은——.

"사아야, 늦었네? 볼일은 다 끝났어?"

적의가 느껴지는 눈빛으로 나를 흘끔 쳐다본 후, 키도코로 선배는 가벼운 투로 말을 걸었다.

"네. ……먼저 돌아가셔도 된다고 했잖아요."

"신경 쓰지 마, 나도 친구들하고 놀고 있었으니까. 전에 말했잖아. 트럼프로 포커 치는 게 3학년 남자……라고 해도 일부뿐이지만, 아무튼 유행이라고. 이야기는 가면서 하자."

타카우지 양은 그래요, 하고 답하더니, 고개만 숙여서 나한테 인사하고 출입문으로 나갔다.

……일부러 부딪힌 거였지?

나랑 타카우지 양밖에 없었고, 피해서 지나갈 만큼 공간도 넉넉했으니까.

"너지? 요즘 사아야한테 집적거리는 게."

험악한 얼굴로 키도코로 선배는 내 어깨를 툭 쳤다.

이전 같았으면 험악한 분위기를 견디다 못해 '전 그런 짓 안 했어요~' 하고 웃으며 얼버무리고 도망쳤을 거다.

그래, 스테이터스에 【무사안일주의】라는 항목이 붙을 만도 하네.

하지만 알기 쉬운 악의를 보내온 데다, 그 상대가 악명 높은 키도코로 선배라면 나도 할 말이 있다.

"집적대요? 취미가 같은 친구끼리 얘기하는 게 그렇게 이상한 일인가요."

"저 애는 내 여친이야. 얼쩡거리지 말라고, 임마."

"여친의 교우관계까지 참견하는 타입의 남친은 좀 그렇지 않나 싶네요."

"이 자식이――!"

눈살을 찌푸리며 그렇게 말하자, 남자인 나조차도 이 사람 멋있다는 생각이 들었다.

곁에서 보면 타카우지 양과 이 사람은 정말로 잘 어울리는 커플이다.

이 사람이 성실하고 이상한 소문만 나지 않았다면, 나는 괴로워하면서도 실연했다는 걸 인정하고 타카우지 양을 포기했을지도 모른다. 빼앗으려는 생각은 눈곱만큼도 안 했을 거다.

멱살을 잡혀도 【간이 큼】 덕분에 전혀 당황스럽지 않다. 겁도 안 난다. 엄청 냉정하게 있을 수 있다.

"잔챙이 주제에 나대지 마라."

흥분한 목소리가 실내에 쩌렁쩌렁 울렸다.

"뭐, 뭐 하는 거예요!"

키도코로 선배가 나오지 않아 이상하다고 생각했는지 타카우지 양이 돌아왔다.

"사아야한테 집적거리려고 하기에 잠깐 설교하고 있었어."

그때, 특별 교실동 쪽에서 후미 선배가 이쪽으로 걸어오는 게 어깨 너머로 보였다.

"아~. 키도코로 군, 저의 후배 군한테 무슨 볼일 있어요?"
빙긋빙긋 웃고 있지만 묘한 살기가 느껴진다.
"켁, 니시카타 양?!"
키도코로 선배는 혀를 차면서 떠밀다시피 해서 나를 놓았다.
"아무것도 아니야. 얘기만 좀 했어."
"그래요~?"
수상쩍은 눈웃음을 띤 후미 선배에게서 도망치듯이 키도코로 선배는 자신의 신발장에서 운동화를 꺼내 신더니 타카우지 양의 손을 끌고 학교를 뒤로 했다.
"여친밖에 눈에 안 보이는 사람도 참 곤란하네요."
후미 선배는 태평하게 말했다.
"고맙습니다. 저도 물러날 수가 없어서……."
"후배 군도 남자애였네요."
후미 선배는 후후후, 하고 치유 계열 같은 미소를 지어 보였다.
키도코로 선배는 후미 선배를 본 것만으로 전의를 잃었는데, 대체 학교에서 뭘 하고 다니는 거지?
그런 후미 선배의 모습은 아무리 봐도 우리 교복으로 코스프레를 한 초등학생으로만 보였다.
"어때요, 교복을 입은 저는?"
긴 소매를 걷기도 했고, 전체적으로 헐렁해 보여서 패션

적인 면에서 귀여워 보이기는 했다.

후미 선배가 그 자리에서 빙 돌아 보였다.

"좋아하는 사람들은 좋아하겠네요."

성적 취향이 그런 사람들한테는.

"후배 군 눈에도, 좋아 보이나요?"

부정하면 무슨 짓을 당할지 모르니 에둘러서 취향은 아니라고 말해야지.

"그게…… 인형처럼 귀여워 보여서, 좋다고 생각해요."

"솔직하기도 하지!"

푸억, 아랫배에 주먹이 꽂혔다. 결국 이렇게 되는구나. 이 사람, 내가 이러면 좋아하는 줄 아는 거 아냐?

마음의 준비를 해둔 덕분에 크게 아프지는 않았지만.

"학교에서도 저를 이렇게 대하기로 하셨나 봐요……."

후미 선배는 수줍은 듯이 어깨를 들썩이고 웃으며 답했다.

"에이. 후배 군한테만 이렇게 하는 거예요."

하나도 안 기뻐!

◆ 타카우지 사아야

키도코로는 평소처럼 학교에서 가까운 역까지 바래다주었다.

미움을 샀을 거야. 분명 그럴 거야.

아카리와 친구로서 즐겁게 대화한 것뿐인데, 그걸 안 좋게 본 키도코로가 시비를 걸고 말았다. 교실을 나설 때 자신의 태도도 좋지 않았다.

그렇게나 다정하게 대해준 친구인데.

사아야는 티가 안 나도록 한숨을 내쉬었다.

"……먼저 돌아가셔도 됐는데요."

발끝을 쳐다보며 했던 말을 다시 한번 되풀이했다. 비는 어느새가 그쳐서 가져온 우산이 쓸모없어졌다.

"반장 업무라고 해봐야 30분도 안 걸릴 것 같아서."

그도 나름대로 친절을 베풀려고 한 것이리라는 생각에 사아야는 마음이 조금 복잡해졌다.

"아니면 먼저 돌아가 줬으면 하는 이유라도 있었어?"

"그렇지는……."

않다고 딱 잘라 말할 수가 없었다.

돌이켜보니 단둘이 있던 교실에서 왜 그런 태도를 한 걸까 싶어서 후회가 밀려왔다.

아카리에게는 아카리의 교우관계가 있고, 그중에는 자신보다 친한 사람과 오래 알고 지낸 사람도 있다.

당연한 일인데.

"아까 그 녀석, 분명 사아야랑 접점 만들려고 반장이 된 걸 거야."

키도코로가 코웃음을 치며 말했다.

"온갖 방법을 동원해서 어떻게든 접근하고 싶었던 거겠지. 이야, 저렇게 약은 놈들이 꼭 있다니까."

사아야도 난감했을 거라는 생각에 키도코로가 동의를 구하듯이 말하자.

"아니에요!"

사아야는 의외로 강하게 부정했다.

"키미시마 군은, 저랑은 상관없이, 아무도 나서지 않는 상태에서 후보로 나섰고, 여자 반장으로 제가 아닌 여학생을 지명했어요."

키도코로가 말한 약은 짓을 한 사람은 자신이 아닐까, 라는 생각이 들었다.

"선배가 그런 짓을 한 탓에, 저는 내일부터 무슨 낯으로 그 애를 보면 좋을지 모르겠어요……."

"사아야가 신경 쓸 일은 아니잖아."

그렇지 않다.

뭐든 개그 수첩용 노트를 찾아준 답례를 하고 싶었다. 생각하는 동안 방과 후가 되었고, 그 이야기를 꺼낼 타이밍을 엿보고 있었는데 또 라디오 이야기에 몰두하고 말았다.

아카리와 친한 건 자신뿐이 아니고 여러 사람이 아카리와 친한데, 그런 것도 잊고 친하게 지내는 다른 사람이 있다는 걸 알고는 어린애처럼 질투나 하고——.

"으……."
부끄럽다.
자신답지 않은 언동이었다는 생각에 뭐 하는 걸까, 싫어져서 다시 한숨이 새어 나왔다.
미움을 샀을 거다. 분명 그럴 거다. 남자친구하고도 시비가 붙고 말았고.
겨우 친구가 됐는데.
"사아야가 그 녀석을 나쁘게 보지 않고 있다는 건 알겠어. 나도 조금 과민했을지 몰라. 그건 사과할게."
키도코로는 아무렇지도 않게 반성하고 있다는 말을 줄줄 늘어놓았다.
사아야는 어쩐지 이 선배가 인기를 끄는 이유를 알 듯했다.
마음에도 없는 말을 선뜻할 수 있는 사람일 거다. 만약 마음에도 없는 사랑의 말을 속삭인다면 여자들은 대부분 한층 더 푹 빠져들고 말 거다.
"키미시마 군은…… 친구니까요."
새삼스럽지만 본인의 입으로 그렇게 말해준 게 기뻤다.
"그렇구나. 그럼 됐어. 좀 전에 있었던 일은 내가 지레짐작하고 폭주한 거니 미안하다고 키미시마 군한테 전해줘."
사과할 기회가 있기는 할지 불안했지만, 사아야는 고개를 끄덕였다.

"네. 그러면 오늘은 이만."

역사가 보이기 시작했을 즈음, 사아야는 작별 인사를 했다.

"괜찮아. 다 왔는걸. 바래다줄게."

키도코로가 자연스럽게 손을 잡고 걸어가려 하기에 사아야는 재빨리 손을 뺐다.

예상치 못한 일이었는지 키도코로는 눈을 껌벅거렸다.

"……오늘은 이만 됐어요."

다시 한번 작별 인사를 하자 키도코로는 갈 곳을 잃은 손을 주머니에 넣고 쓴웃음을 지었다.

"신중하기도 하네, 사아야는."

"죄송해요."

"아니, 괜찮아. 그럴 기분이 아니었나 보네. 하하……."

그러면 이만, 이라고 말하며 키도코로는 다른 방향을 향해 걸음을 떼었다.

그와 이렇게 공공연한 사이가 된 덕에 도움이 된 부분은 있다.

그 많던 고백이 눈에 띄게 줄었고, 그 남학생을 좋아하는 여학생에게 눈총을 받는 일도 없어졌으며, 귀찮은 일도 줄었다.

그런 면에서는 고맙기는 하지만, 오늘 아카리와 다투는 모습을 보고 나니, 자기중심적인 생각이기는 하지만 이미지가 굉장히 안 좋아졌다.

시비조로 그런 짓을 할 필요는 없었지 않았나.

“키미시마 군한테 완전히 미움을 샀을 거야…… 겨우 생긴 친구인데…….”

사아야는 역으로 이어진 짧은 길을 터덜터덜, 어깨를 늘어뜨린 채 걸었다.

중간에 있던 노래방에서 요란한 차림새의 갸루 한 명이 나왔다.

“세가와 양.”

나직하게 중얼거렸는데도 들었는지 하루가 고개를 들었다.

“아~. 사야 짱이잖아. 지금 집에 가?”

“응.”

자신과 대조적으로 하루는 모든 사람과 사이가 좋다.

처음 말을 섞는 듯한 상대한테도 불편해하지 않고 당당하게 말을 거는 모습을 본 적이 있다. 거침없이 말하는데도 거북한 분위기는 조금도 느껴지지 않았다.

고개만 끄덕여 인사를 하고서 지나치려던 그때, 그녀가 말을 걸어왔다.

“사야 짱, 기운 없어 보이네. 괜찮아? 안색이 안 좋은데.”

겉모습은 살짝 무서운데 다정하다. 반듯하면서도 어딘가 애교가 느껴지는 얼굴이 걱정스럽다는 듯이 사아야를 쳐다보았다.

"……저기, 혹시 시간 좀 있어?"

"어~? 처음인 것 같은데. 사야 짱이 나한테 시간 좀 내달라고 한 거! 신난다~."

"어, 아, 아니, 그렇게 거창한 건 아니고……."

"왜, 무슨 일이야?"

키도코로가 시비를 걸었다는 이야기는 조금 무거운 것 같아 다른 화제를 꺼냈다.

"키미시마 군은, 여자애를 자주 칭찬해?"

"아카리가? 나한테도 대놓고 귀엽다고 한 적이 있기는 한데——."

잿빛을 띤 가스 같은 무언가가 가슴 속에 뭉게뭉게 피어났다.

"그렇구나. 키미시마 군, 나한테도 두 번이나 미소녀라고 했어."

하루는 '두 번'이라는 말이 마음에 걸렸는지 눈이 가늘어졌다.

"……아무한테나 그러진 않을 거야. 난 아카리를 겁쟁이라고 생각했거든. 근데 요즘 잘은 모르겠지만 행동력이 생겼다고 해야 할지, 자기 생각을 딱 부러지게 말하게 됐다고 해야 할지."

하루는 과거를 떠올리며 의아하다는 듯이 말했다. 그 말에는 사아야도 동감이었다. 작년부터 같은 반이었지만 반장 후보로 나설 타입도 아니었고, 시비를 건다고 정면에서 당당하게 받아들일 만큼 기개가 있었던 것 같지도 않았다.

"아아, 맞아맞아. 남자다워진 것 같아."

드디어 적절한 표현이 떠올랐다는 듯이 하루가 말했고, 사아야도 납득이 갔다. 요즘 무슨 일이 있었는지는 모르겠지만 분명 그런 것 같다.

"키미시마 군하고 소꿉친구지?"

"맞아. 별일 없을 때는 같이 등교하고 같이 집에 가고, 가끔 우리 집에 저녁밥도 먹으러 와."

또 정체를 알 수 없는 가스가 가슴 속에 피어났다.

"헤에, 그래? …………좋아해?"

"뭐어어? 아, 아니아니아니, 사야 짱 초등학생도 아니고……."

범생이는 이래서 안 된다니까, 라고 하듯이 하루는 조금 얼굴을 붉히며 말을 이었다.

"붙어 다니는 거랑 좋아하는 건 다르다고 해야 할지. 그, 그 이전에, 아카리 같은 평범한 애는 이성으로도 안 보이거든――?! 아냐, 절대 그럴 일 없어. 완전 무리라고. 만일, 만에 하나 고백한다 해도 곧장 거절할 거야!"

허둥지둥 말을 쏟아내는 하루의 모습을 보고 나니 사아야의 가슴 속에 피어났던 이상한 가스가 날아갔다.

"역시 그랬구나. 키미시마 군도, 그냥 소꿉친구라고 했으니까."

"아아, 그래……. 엄청 밝게 말하네. …………사야 짱한테 친구가 없는 이유를 대충 알 것 같아."

"뭐?"

"아무것도 아냐."

딱 좋은 상담 상대를 찾았다는 생각에 사아야는 말을 꺼내보기로 했다.

"키미시마 군한테 답례를 하고 싶은데, 무엇으로 하면 좋을지 고민 중이야."

"아카리한테 답례? 으~음. 라인 아이디 교환했다면서. 그럼 메시지나 전화 걸어주면 무진장 좋아할걸?"

"그것만으로?"

"그래. 그것만으로. 아카리는 단순하거든. 그리고 라디오 이야기라도 해주면 만점일 거야."

어째서 전화나 메시지가 답례가 되는 건지 이해가 안 됐지만, 그거라면 오늘 밤에라도 할 수 있겠다.

"고마워, 세가와 양."

"천만에."

사아야는 가벼운 발걸음으로 역이 있는 방향으로 걸어갔다.

"……."

하루는 그 뒷모습을 바라보며 살며시 한숨을 내쉬었다.

"아카리, 잘됐네."

말과 달리 어쩐지 가슴이 답답했다.

귀찮아져서 노래방에서 빠져나왔건만, 하루는 발걸음을 돌려 다시 가게로 들어가서 노래를 부르기로 했다.

◆ 키미시마 아카리

키도코로 선배와 한바탕 하고 나서 나는 알바를 하는 날이라 편의점에서 일하고 있었다.

미움을 샀다.

타카우지 양한테 미움을 샀을 거다.

대항심이 있기는 했지만 대놓고 키도코로 선배와 맞서다니.

저쪽은 학교에서 제일 인기 있는 남자이자 남친.

이쪽은 우연히 같이 반장이 됐을 뿐, 안면 편차치가 평균 이하인 라디오 오타쿠…….

소문이야 어떻든 아직 손을 대지 않았다면 타카우지 양에게 키도코로 선배는 잘생긴 평범한 남자친구에 불과하다.

내가 폭주하지만 않았어도 신발장 앞에서 그런 일은 벌어지지 않았을지도 모르는데…….

느낀 바대로 대놓고 쏟아내고 말았다.

아아~……. 왜 그랬을까.

"후미 선배, 그 사람 원래 그렇게 툭하면 싸우려 들어요?"

손님이 없는 편의점에서 상품을 진열하며 후미 선배에게 물었다.

"키도코로 군이요? 싸움 관련 소문은 전혀 들은 적이 없어요. 후배 군이랑 그러고 있는 걸 보고 놀랐을 정도인걸요. 가벼운 이미지인 데다 힘도 그렇게 세지 않을 거예요."

독자적인 계측기라도 있는지, 키도코로 선배는 강하지 않다고 후미 선배는 말했다.

같이 출근하는 길에 나는 현장을 목격한 후미 선배에게 어쩌다가 그렇게 된 것인지, 사건의 경위를 설명한 뒤였다.

"여친이랑 친해 보이는 남학생이 있으면 못마땅하기야 하겠지만요~."

그 사람은 집적댄다고 표현했지만, 아직 그런 단계에는 달하지 못했다고 생각한다.

빼앗기고 싶지 않았기에 과민하게 반응한 걸까.

"만약 다음에 또 뭐라고 하면 콱 쥐어박으면 그만이에요."

탁탁, 후미 선배는 주먹을 손바닥으로 두드리며 말했다.

이렇게까지 생긴 것과 언동이 따로 노는 사람도 드물

거야.

"일을 키우고 싶지는 않으니 그러진 않을 거예요."

"제가 보기에는 후배 군이 더 셀 것 같은데."

"일반적인 여고생은 남자를 '강함'으로 비교하지 않을 걸요."

딴죽을 걸지 않을 수 없었다.

멋있다거나, 다정하다거나, 상큼하다거나. 여고생이라면 그런 부분을 볼 거다. 정말로 남자 중학교 1학년생 같은 가치관이네.

주먹밥과 샌드위치를 진열하던 중에 끄응, 끄응, 강아지 울음소리 같은 소리가 들려왔다.

"배가 고프기 시작했네요……."

후미 선배가 축 늘어져서 배를 감싸고 있었다. 당신이 범인이었어?

한가할 때 5분 정도 휴식 시간을 가져도 된다기에 나는 출출함을 달래기 위해 간식을 가져왔었다.

"후미 선배, 제 가방에 개별 포장된 도넛이 있어요."

"도넛!"

반짝반짝반짝반짝! 정말 빛이 나는 것처럼 보일 만큼 눈이 반짝이고 있다.

"다섯 개 정도 있으니까 괜찮으면 몇 개 드세요."

후미 선배한테는 신세를 지고 있으니 몇 개 정도는 얼마

든지 나눠줄 수 있었다.

"후배 군은 이런 식으로 여자들의 호감도를 올리고 있는 거군요?!"

"그런 의도는 없다니까요."

먹을 걸 준다고 호감도가 오르는 건 동물 정도라고.

"그러면 잠깐 실례할게요."

후미 선배는 그런 말을 남기고 사무실로 사라졌다.

한동안 손님도 안 올 것 같으니── 라는 생각을 하던 중에 누군가가 들어왔다. 우리 반 여학생이었다.

머리는 포니테일로 묶고, 통학용 가방과 검은 커버에 넣은 라켓을 어깨에 걸고 있다. 동아리 활동이 끝났나 보다. 그렇구나, 벌써 시간이 그렇게 됐구나. 후미 선배가 배고파할 만했네.

그 애와 눈이 마주쳤다. 아, 하고 반응했다. 반장을 맡은 덕인지 내가 같은 반인 걸 기억하는 모양이다.

대화를 나눌 정도의 사이는 아닌 탓에 말은 걸지 않았다. 앞으로 이 편의점에 오기 껄끄러워할지도 모르니까.

그 애는 음료만 계산하더니 가게 밖에서 마시기 시작했다.

내가 아직 남아 있는 진열 작업을 하러 돌아가려 하자, 불량해 보이는 20세 전후 정도의 남자가 밖으로 나간 여자애에게 말을 거는 모습이 보였다.

남자는 요란한 무늬의 셔츠에 옅은 색 선글라스를 끼고

있다.

무슨 이야기를 하는지는 안 들렸지만, 아는 사이 같은 분위기는 아니었다.

여학생의 옆얼굴이 겁에 질려 있었다. ……그런 것처럼 보였다.

가게 밖을 청소하기도 해야 하니 잠깐 나가서 살펴보고 와야지.

"나도 테니스 좀 치거든~ 라켓 좀 보여줘 봐."

"아니, 하지만 이건 좀……."

빗자루질하며 대화에 귀를 기울였다. 테니스 이야기를 하는 건가 싶었더니 조금씩 노골적으로 같이 놀러 가자는 얘길 하기 시작했다.

"저는 통금시간이 있어서……."

"완~전 재미있게 해줄게, 응?"

"그렇지만…………."

싫어하는 데다 아는 사이도 아니네. 후미 선배는, 아직 사무실에 있나. 꼭 필요할 때 없다니까, 그 꼬맹이 선배는.

"저기요."

나는 남자에게 말을 걸었다.

"뭐야, 왜 불러?"

"가게 앞에서 그러시면 곤란한데요."

"아앙? 너랑 뭔 상관인데?"

"상관있죠. 이 가게 점원이니까요."

"하—— 이 새끼 봐라? 죽고 싶냐, 어어어어엉?!"

버럭 소리를 치자 여자애가 어깨를 움찔했다.

그렇게 고함을 쳐도 【간이 큼】이 있는 나는 꿈쩍도 안 한다.

남자의 스테이터스를 살펴보니.

· 와타리 켄스케

· 성장 : 정체

· 특징 / 특징

위협 상급자

호가호위

공수도 흰 띠

할머니 말 잘 들음

겉보기와 달리 강해 보이는 항목도 없고, 진짜 별 볼 일 없었다.

흰 띠? 시작하자마자 관뒀다는 뜻인가?

그나저나 할머니 말을 잘 듣는다고? 사람 흐뭇하게 만들지 말라고.

"자꾸 건방 떨면 형님 불러버린다, 임마."

"자꾸 이러시면 경찰 부를 거예요."

고함을 쳐도 동요하지 않고 【포커페이스】 때문에 표정 변화도 없는 내가 상당히 성가신 녀석으로 보였나 보다.

"큭, 이 자식이……!"

"이쯤 해두시죠. 이런 모습을 보시면 할머니가 슬퍼하실 걸요……?"

차분한 얼굴로 나는 한탄스럽다는 듯이 고개를 가로저었다.

"…………윽."

망할, 하고 남자는 욕지거리하더니 옆에 있던 쓰레기통을 걷어차고 떠나갔다.

아마 할머니 얘기가 결정타가 된 것 같다. 할머니 얼굴이라도 떠오른 걸 거다.

"같은 반 맞지?"

"응, 맞아. 키미시마야."

"우리반 반장이었지? 난, 나토리 히이로야. 여기서 알바하는구나. 좀 전에는 고마웠어. 어쩌면 좋을지, 정말로 난감했는데……."

나토리 양의 손이 벌벌 떨리고 있었다. 끼어들길 잘했어.

"아까, 엄청 멋있었어."

솔직하게 칭찬받으니 쑥스럽네……. 어흠, 나는 헛기침

을 했다.

“조심해서 돌아가. 아까 그 녀석도 나토리 양이 귀여워서 말을 건 걸 테니까. 사람 많이 지나다니는 밝은 길로 돌아가도록 해.”

“귀엽다고 하면 쑥스러운데.”

“안 그러면 뭐 하러 말 걸었겠어.”

그 녀석도 그렇게 생각하지 않았을까 싶어서 한 말이었다.

답례를 하고 싶다면서 연락처를 줬다. 스마트폰은 사무실에 두고 온 가방에 있으니, 나중에 등록해야지.

그 할머니 말 잘 듣는 애가 걷어차고 간 쓰레기통을 정리하려 하자 괜찮다고 했는데도, 나토리 양도 도와주었다. 착하네.

“학교에서 또 보자.”

그렇게 말하며 나토리 양은 돌아갔다.

그때, 또 스테이터스 갱신이 있었다.

· 키미시마 아카리

· 성장 : 급성장

· 특징 / 특기

엑스트라

강심장

말재주가 좋음
라디오 오타쿠
포커페이스
칭찬을 잘함

【간이 큼】이 진화(?)해서 【강심장】이 됐다. 그리고 【무사안일주의】가 사라진 대신 【칭찬을 잘 함】이 추가됐다.

【무사안일주의】가 사라진 건 오늘 시비를 건 키도코로 선배한테서 도망치지 않은 것과 좀 전에 할머니 말 잘 듣는 애와 맞닥뜨렸을 때 못 본 척하지 않았기 때문일 거다.

가게 안으로 돌아가자, 후미 선배가 일을 재개하고 있었다.

"저도 잠깐 쉬고 올게요."

"네~에."

겨우 한숨 돌리겠다. 간소한 접이식 의자에 앉아 내 가방을 들여다보니——.

"어라, 없네."

——저 꼬맹이 선배가 내 도넛을 혼자서 다 먹었잖아!

휴식 시간이 끝나고 그렇게 불평하자 "정신없이 먹다 보니 그렇게 됐어요"라고 하며 에헤헤, 하고 귀여운 미소를 지어 보였다.

저 미소를 봐서 용서하자.

그 대신 알바가 끝난 후에 후미 선배가 나에게 아이스크림과 아메리칸 핫도그를 사줬다. 뭐, 이러면 됐지.

4 책사와 엑스트라

알바로 지친 몸을 이끌고 방으로 돌아와서 보니 어느새 메시지가 와 있었다.

아이콘을 보고 누가 보낸 건지 금방 알아챘다.

타카우지 양이 보낸 거다.

"오오오……?!"

기쁘기도 하고, 별로 안 기쁘기도 하고. 무진장 복잡한 기분이다.

저쪽에서 먼저 연락한 것 자체는 기쁘다. 하지만 그 일 때문에 한 소리 하려는 걸지도 모른다고 생각하자 마음이 무거워졌다.

한 차례 심호흡하고서 대화방을 열었다.

『선배가 지레짐작해서 미안하다고 전해달라고 했어.』

키도코로 선배 말이구나.

이렇게 메시지를 보내온다는 건, 타카우지 양은 그 일로 나를 안 좋게 보고 있지 않다는 뜻일까.

이쪽에서 먼저 꺼내기 힘든 이야기를 먼저 해주었으니, 사과할 기회는 지금뿐이야……!

『나야말로 미안해. 괜히 선배랑 으르렁거려서.』

최종적으로 타카우지 양하고는 좋은 사이가 되고 싶지만, 지금까지 나눈 대화는 충분히 '친구' 사이에서 할 수 있는 것들이었다고 생각한다. 그렇게 대응했던 걸 잘못이라고 생각하지는 않지만, 타카우지 양이 어떻게 생각하는지 알 수가 없어서 일단 사과했다.

그 즉시 『신경 쓰지 마. 과하게 반응한 것뿐이라니까』라는 답변이 와서 나는 안도의 한숨을 내쉬었다.

『친구라고 잘 설명해 뒀어.』

다행이다.

그 후로는 이전에 햄버거 가게에서 했던 것처럼 '만다리온 심야론'에 관한 이야기를 메시지로 계속 주고받았다.

어느샌가 날짜가 바뀌었지만, 양쪽 모두 방송을 실시간 청취를 하는 사람들답게 새벽 세 시경까지 기운이 떨어지질 않아서 쉴 새 없이 이야기가 오갔다.

라디오는 메인 진행자가 자기 생각이나 근처에서 일어난 일들을, TV 방송에서는 불가능할 정도로 긴 시간을 들여 풀어내서 친근감을 느끼는 경우가 많다.

TV에서 보는 개그맨 만다리온이 아니라 떡밥 담당 혼다, 딴죽 담당 미츠다가 각각 TV에서는 하지 못할 개인적인 이야기를 풀어놓는다.

이렇다 할 결말이 없는 흔한 일상에 관한 이야기나 자신이 맞닥뜨린 일에 관한 생각 등. 개그맨으로서가 아니라 주변에 있는 형이나 친구 같은 느낌으로 진행자를 인식하게 된다.

타카우지 양도 그런 의견에 동의했다.

나와 타카우지 양은 만다리온의 멤버 두 사람을 우리의 공통된 친구처럼 여기며 수다를 떨었다.

그리고 네 시경이 되어서야 우리는 잘 자라는 메시지를 주고받았다.

메시지를 통한 대화였지만 충실한 몇 시간이었다.

좋아하는 여자애랑 좋아하는 것에 관한 이야기를 할 수 있다니, 너무 행복하지 않아?

이대로 영원히 잠들어도 불만이 없을 것 같다.

그런 수면은 체감상 한순간에 끝나고 말았다.

"아~카~리~!"

귀에 익은 목소리가 들려와서 눈을 떠 보니 벌써 아침 일곱 시 반이었다. 눈을 비비며 창밖을 보니 금발 갸루가 손을 흔들었다.

"지금 일어났어~? 5분 기다릴 테니까 얼른 준비해~."

으엉, 하고 대답하고 나는 일단 교복으로 갈아입고 양치한 후 운동화를 구겨 신었다.

문밖에서 기다리고 있던 하루가 웃으며 "머리 다 뻗쳤어"라면서 내 머리카락을 만졌다.

"나중에 정리할게."

서둘러 통학로를 따라 걷던 중에 하루가 물었다.

"어제 라디오 방송하는 날이었던가?"

방송일 다음 날…… 날짜상 당일에는 늘 하루가 이런 식으로 날 깨웠다.

"그건 아니고. 타카우지 양이랑 메시지로 대화하다가."

"아…… 그래……. ……잘됐네!"

탁, 하루가 있는 힘껏 내 등을 두드렸다.

"문제가 좀 생겨서 어떻게 하나 싶었지만 어찌어찌 넘겼어~."

하품을 해가며 나는 키도코로 선배와 마찰이 있었다고 하루에게 알려주었다.

"그래서 사야 짱이 신경 쓰고 있었던 거구나……."

짚이는 바가 있는지 하루가 나직하게 중얼거렸다.

"질투인지 뭔지는 모르겠지만 너무 엄격하지 않나, 싶어서."

"취미 친구 범주인데 말야~. 선배는 의외로 속박하는 타입인가 보네."

"원나잇충으로도 모자라 속박하는 타입이라니."

미남 선배의 숨겨진 면을 본 것 같은 기분이다. 친구처럼 보여도 남자는 접근 불가라니.

나 같은 게 근처에 있다고 자기 여자 친구를 빼앗길지도 모른다고 생각한다는 게 말이 되냐고.

독점욕이 강한 걸지도 모르겠다.

"동경하던 선배한테 들이대서 사귀게 되었지만, 결과적

으로 오래가지 못했다는 이야기는 흔하니까."

세가와 연구원은 에둘러서 키도코로 선배의 성격에 문제가 있는 게 아닐까, 하고 분석했다.

"이미지와 현실은 다르다는 거야?"

"그럴지도~. 인기가 있으니까 '이 녀석이 아니어도 또 누군가 들이대겠지'라고 생각해도 이상할 건 없잖아."

부럽다……. 뭐야, 그 인생 승리자 같은 사고회로는.

타카우지 양도 손가락 하나 대지 않고 풀어주면 좋을 텐데.

교문이 보이기 시작하더니 학생들이 하나둘씩 그곳으로 빨려 들어갔다. 사방팔방에서 아침 인사를 받는 하루의 모습을 보고 있자니 새삼 얼마나 발이 넓은지를 실감할 수 있었다.

"키미시마 군. 좋은 아침."

어제 편의점에 있던 나토리 양이 인사를 해왔다.

여학생에게 아침부터 인사를 받는 세계가 나한테도 있었구나…….

순간 감격해서 나는 곧장 "좋은 아침"하고 답했다.

오늘도 나토리 양은 라켓이 든 케이스를 어깨에 짊어지고 포니테일로 묶은 머리카락을 달랑거리고 있었다.

운동부다운 상쾌한 미소를 띤 채로.

"깜박했을지도 몰라서 말해두는 건데, 메시지나 스탬프

보내줘.”
“아. 깜박했어!”
타카우지 양한테 메시지가 오는 바람에 그 다른 일들을 까맣게 잊고 있었다.
“에이~ 너무해.”
나토리 양은 장난스럽게 말하며 웃었다.
“조금 정신이 없어서.”
“친구 등록 부탁해요~.”
그럼 갈게, 라고 하면서 같은 동아리인 듯한 친구 쪽으로 가버리고 말았다.
“……히로 짱이랑 친해 보이네?”
하루가 차가운 눈빛으로 나를 쳐다보고 있었다.
“어제 좀, 이런저런 일이 있어서.”
“일편단심 사야 짱이면서 얼굴 헤벌쭉해진 것 좀 봐.”
맞는 말이지만, 너 말야…….
“이런 데서 그런 말 하지 마. 주변에 사람들도 많은데…… 누가 들으면 어쩌려고──.”
“나는 상대가 그 애라서 응원하는 거야!”
이름을 밝히지 않을 정도의 다정함은 남아 있는 모양이다.
근데 화가 났다. 하루가, 어쩐 일로 화가 났다.
“다른 애랑 잘해보려고 하면, 가만 안 있을 거야!”
“왜, 왜 그렇게 화를 내?”

가만 안 있을 거라고? 무슨 소리야.

"바보리는 바보야! 밤샘남!"

발소리가 나도록 씩씩대며 하루는 성큼성큼 앞으로 가버렸다.

밤샘남은, 전혀 욕이 아니잖아.

응? 하루의 스테이터스가 변화했다.

· 세가와 하루

· 성장 : 성장

· 특징 / 특기

엄청난 사교성

남을 잘 챙김

모성

순수

상담역

전에는 없었던【상담역】이 추가됐다.

내가 타카우지 양과의 일을 상담해서인가?

하루는 하루대로 성장하고 있다는 뜻이겠지.

그렇게 생각하자 나의【급성장】상태가 새삼 이상하게

느껴졌다. 금방 스테이터스가 갱신되잖아.

아무튼.

내가 타카우지 양이 아니라 나토리 양하고 잘해보려는 쪽으로 방향을 돌린다면, 하루는 지원 사격을 해주지 않을 거란 뜻인가.

하루는 나토리 양을, 싫어하나……?

출입구를 통해 교사에 들어가 교실로 가보니 하루는 나토리 양과 아무렇지 않게 수다를 떨고 있었다. 싫어하는 건 아닌가 보다.

교실에 들어서자, 하루가 이쪽을 흘끔 쳐다보았다. 그뿐 아니라 다른 같은 반 애들도 시선을 보내왔다. 뭐야, 내가 뭘 했다고?

“구해줬다며?”

조금 전과 확 달라진 태도로 하루가 말을 걸어왔다.

“아아, 나토리 양? 구해줬다고 할 정도는 아니지만 어젯밤에 우연히 보게 돼서.”

“네가 ‘조금 이런저런 일이 있었다’고 두루뭉술하게 말하기에 궁금해서 뭘 했는지 물어봤어. 그랬더니 그렇다잖아.”

화를 냈던 게 마음에 걸렸는지, 하루는 살짝 겸연쩍은 눈치였다.

“제법이네. 아카리.”

우연히 본 것뿐이야, 라고 나는 다시 한번 말했다.

"아니, 그보다 소꿉친구를 좀 믿으라고."

"히로 짱 쪽이 더 가능성이 있을 것 같아서 꼴사납게 갈아탄 건 줄 알았어."

"그런 짓 안 해."

옆자리를 흘끔 쳐다보니 타카우지 양은 이미 자리에 앉아 있었다.

그래서 주목을 받은 거였을까.

"그리고 선배랑 무슨 일 있었다며. 벌써 소문 다 났어."

아아, 그래서. 아마 같은 반 애들한테는 그쪽이 더 큰 뉴스였을 거다.

"응…… 싸운 건 아니지만 약간 일촉즉발의 분위기……가 됐달까."

"……얼굴 마주한 상태로? 배짱도 좋다 싶기는 하지만, 얼마 전의 아카리였다면 상상도 못 할 일인데."

의아하다는 듯이 하루는 말했다. 스테이터스를 볼 수 있게 된 뒤로 스테이터스상의 변화와 함께 나 자신도 변하고 있는 듯한 느낌이 들기는 했다.

"이제 그 일은 괜찮아. 타카우지 양을 통해서 사과받았으니까."

"그렇다면 다행이지만. 어제 방과 후에 진짜 많은 일이 있었네."

따라잡기 힘들게 말야, 라고 하루가 덧붙여 말했다.

자리에 앉자 타카우지 양과 눈이 마주쳤다. 이런 신화급 미소녀와 몇 시간 전까지 메시지를 주고받았다고 생각하니 새삼 살짝 긴장됐다.

직접 그 미모를 감상하고 있자면 자격지심을 느낄 만큼 나와 타카우지 양 사이에는 격차가 있었다.

좋은 아침, 이라고 인사를 해주기에 나도 곧장 같은 말로 답했다.

"키미시마 군…… 나토리 양을 폭한으로부터 지켜줬다는 거, 정말이야?"

미묘하게 다르지만, 대체로는 맞는 이야기인가?

"폭한이라기보다는 이상한 녀석이 집적대는 걸 목격했거든."

"쫓아냈어?"

"뭐어, 응……."

【할머니 말 잘 듣는 애】라는 걸 몰랐다면 경찰을 불러야만 했을지도 모른다. 혼자 힘으로 해결할 수 있었던 건 스테이터스를 볼 수 있었던 덕분이다.

"그렇구나."

표정은 평소처럼 냉정했지만, 타카우지 양의 눈이 빛나고 있었다.

존경의 눈빛 같은 느낌이었다.

"키도코로 선배 때도 그랬지만, 멘탈이 강한가 보네."

"글쎄."

나는 말을 흐렸다.

요전까지【겁쟁이】였던 게 지금은【강심장】으로, 말 그대로 급성장했다. 그래서인지 배짱에 관해서는 성장했다는 게 느껴질 때가 많았다.

그리고 다행인지는 모르겠지만 그 영향으로【무사안일주의】가 사라지기도 했다.

"나토리 양이 다른 친한 여자애들한테, 세가와 양한테도 이야기했는지 그 일에 관한 소문이 퍼진 것 같아."

"정말로 우연히 운 좋게 쫓아낸 것뿐이야."

이건 진심이다.

"나도 그런 멘탈을 본받고 싶어."

재색을 겸비했다는 건 자타가 공인하는 사실이다.

더불어 알고 보면 매주 수백 통의 응모 메일이 쏟아지는 라디오 방송의 개그 코너에 마구 채용되는 엽서 장인이기도 하다. 라디오라고는 해도 프로 스태프나 개그맨에게 인정받을 정도의 유머 센스를 지녔다는 뜻이다. 그런 타카우지 양이, 나를?

"타카우지 양이 나한테 배울 만한 건 하나도 없을 텐데……?"

"그렇지 않아. 멋지다고 생각해."

멋져?

……나? 내가?

"어라? 내가 뭐 이상한 소리 했어?"

내가 굳어버린 걸 알아챈 타카우지 양이 진심으로 당황한 표정을 지었다.

"나, 내가, 지금 무슨 소릴……?! 미, 미안해. 그런 뜻으로 한 말은 아니었어."

타카우지 양은 도망치듯이 머리카락으로 옆얼굴을 가렸다.

귀가 살짝 붉어져 있었다.

그런 뜻…….

내가 기대할 만한 이유는 아니라는 뜻인가……. 그야 그렇겠지.

"존경스러운 멋진 친구라는 뜻이야."

"……아아, 응."

그렇다. 친구. 나와 타카우지 양은 친구다.

대화가 중간에 끊겨서 나는 잊기 전에 나토리 양에게 메시지를 보냈다.

『잘 부탁해.』

앞쪽에 앉아 있던 나토리 양이 이쪽을 돌아보며 빙긋 웃었다. 고개를 움직일 때마다 포니테일로 묶은 머리가 살랑 흔들린다.

『메시지 고마워.』

금방 답장이 왔다.

내 메시지를 읽었을까? 하고 확인하고 싶은 듯이 나토리 양이 다시 이쪽을 돌아보았다.

손만 흔들어 인사해서 봤다고 신호했다.

이윽고 담임 선생님이 들어오고 HR이 끝나고 1교시 수업이 시작됐다.

그 수업 중에 또 메시지가 왔다. 나토리 양이 보낸 거다.

『그 편의점에서 알바하나 봐?』

『가끔. 힘들지 않아서 좋아.』

『부럽다. 나도 알바하고 싶어~.』

그런 식으로 아무래도 좋은 대화를 메시지로 이어갔다.

수업 중 스마트폰을 사용하면 그 즉시 압수당한다.

나는 비교적 뒷자리라 잘 안 들키겠지만 나토리 양은 괜찮을까?

옆에서 노트를 반듯하게 접어 만든 쪽지가 책상으로 날아와서 의아해하며 펼쳐보았다.

『뭐 하는 거야.』

응?!

날아온 방향—— 타카우지 양을 보니 언짢은 듯이 얼굴을 찌푸리고 있었다.

"……."

무언의 압박감이 느껴진다.

반장이 수업 중에 스마트폰을 만지면 안 되겠죠……?

나는 나토리 양에게 보낼 메시지를 입력하는 걸 중단하고 스마트폰을 주머니에 넣었다.

그러고는 반항할 뜻이 없다는 걸 표현하기 위해 두 손을 들었다.

"키미시마아~. 손은 왜 들었냐. 변소 가고 싶냐~?"

"아, 죄송합니다, 아니에요."

"헷갈리는 짓 하지 마라~."

선생님이 장난스럽게 말하자 교실 안에 작은 웃음소리가 번졌다.

"흡~~~."

타카우지 양이 히죽거리지 않으려고 입술을 앙다물고 눈을 꾹 감고 있었다.

변소에도 터질 것 같나 보네, 타카우지 양은.

나는 슬며시 속삭였다.

"변소."

"흐읍~~~~."

타카우지 양의 웃음보따리, 너무 약한 거 아냐?

"변."

"푸흡~."

타카우지 양이 참지 못하고 이상한 소리를 냈다. 순간, 무슨 소린가 싶어서 애들과 선생님이 소리의 근원지를 찾았지만, 그즈음에는 타카우지 양도 본래의 새침한 얼굴로 돌아와 있었다.

웃음을 터뜨리는 얼굴도 평범하게 귀엽다.

"변……장~."

"푸후후, 푸흡."

"변자민."

웃으려는 본능과 참으라고 하는 이성이 치열하게 싸우고 있는지.

"므헙."

타카우지 양이 미소녀 여고생답지 않은 이상한 소릴 내고 말았다. 그리고 그게 부끄러운지 두 손으로 얼굴을 가렸다.

……귀여워.

변……이라는 말만 해도 웃을 것 같다.

그때, 또 옆에서 노트로 만든 쪽지가 날아왔다.

『그만 좀 해.』

이런. 지나쳤나…….

혼날지도 모르겠다고 생각하며 조심스럽게 옆을 보니, 웃음을 참으려고 파르르 떨고 있었다.

"…………타카우지가, 웃고 있잖아?"

선생님이 기묘한 것이라도 본 듯이 나직하게 말했다.

"진짜네. 사아야가 웃고 있어." "처음 봤어." "나도 새침한 얼굴이 아닌 타카우지는 처음 봐." "그나저나 얼굴이 빨갛지 않아?" "눈물도 조금 맺혔어."

같은 반 애들이 차례로 수군거렸다.

새침한 표정만 봐온 같은 반 애들의 눈에는 지금의 타카우지 양이 이상해 보인 모양이다. 하지만 의외로 이쪽이 본모습 아닐까.

그리고 수업이 끝나자, 타카우지 양은 이쪽으로 손을 뻗으며 말했다.

"휴대전화를 압수하겠어."

"타카우지 양, 선생님께 안 들켰으니 그 정도는……."

"다른 여자애랑, 친근하게 메시지를 주고받았잖아. 즐거웠지?"

타카우지 양은 불만스러운 듯이 눈살을 찌푸리고 있었다.

"뭐어……."

그렇긴 하지만, 타카우지 양, 그런 식으로 말하면…….

응? 위화감을 알아챈 타카우지 양은 곧장 말을 바꿨다.

"수업 중에 스마트폰을 만지는 건 금지잖아. 그러니까 압수야."

굳은 신념마저 느껴지는 듯한 타카우지 양의 말을 들은 나는 체념하고 스마트폰을 건넸다.

학생들끼리 그런 규칙을 지킬 필요는 없잖아…….

점심시간이 되자 타카우지 양은 내 스마트폰을 돌려주었다.

"키미시마 군은, 평소 어디서 점심을 먹어?"

"특별교실동에 3층보다 위가 있는 거 알아?"

"위? 3층보다?"

이 학교는 3층까지밖에 없으니 의아해할 만도 했다.

"응. 옥상으로 나갈 수 있는 계단이 있는데, 옥상에는 못 가지만 평소에는 그 문 앞에서 먹어."

나갈 수 없는 옥상 문 앞, 그곳을 나는 옥상 앞이라고 부르고 있다.

"……혼자서?"

"대부분은."

반대로 타카우지 양은 늘 누군가와 함께였다. 누군가가 불러내서 식당으로 가는 경우가 많았다.

"오늘은, 나."

뭐라고 말하려던 그때, 하루가 말을 걸어왔다.

"아카리~. 오늘은 나도 같이 먹어도 돼?"

"그래."

옥상 앞은 나만의 장소도 아니니 허락은 필요 없는데.

"타카우지 양, 방금 뭐라고 말하려 하지 않았어?"

"아니, 아무것도 아니야."

타카우지 양은 그렇게 말하며 고개를 가로저었다.

교내에 있는 매점에서 미리 적당히 빵을 사두었던 나는 도시락을 든 하루와 그 장소로 향했다.

"아카리, 소문이 엄청 났어. 알아?"

"소문? 나토리 양을 도와준 거?"

"그거 말고. 선배랑 싸웠다는 쪽."

"아아."

발이 넓은 하루에게는 정보가 잘 들어오는 모양이다.

"사야 짱을 빼앗겠다는 소리까지 해버린 거야?"

"그럴 리가 없잖아."

흥분하긴 했지만, 그런 말까지는 안 했다.

"근데 키도코로 류세이한테 싸움을 건 2학년이 있다는 식으로 소문이 났어."

"잠깐잠깐잠깐. 소문이 눈덩이처럼 불어났잖아."

누가 이상하게 살을 붙였고, 그걸 진지하게 받아들인 녀석이 재미 삼아 퍼뜨린 거겠지.

내가 아니라 그쪽이 시비를 걸었다고.

옥상 앞에서 점심 식사를 시작한 뒤로는 그에 관한 이야기만 오갔다.

"소문이 막 불어나서, 우선 아카리가 선배한테 시비를

건 걸로 되어 있어."

"그 시점부터 사실과 다른데."

"일단 들어봐. 선배는 사야 짱을 지키려고 자기한테 건 싸움을 받아들였대."

"그 말만 들으면 싸울 수밖에 없을 것 같은데."

"응. 나도 깜짝 놀랐어. 완전 귀여운 히로인한테 집적거리는 엑스트라랑 그걸 격퇴하는 주인공 같은 구도가 됐어."

내가 그 구도에서 주인공일 리는 없고.

소문도 그렇고, 제삼자의 눈에는 그렇게 보이는 걸지도 모르겠다.

완전 잘 어울리는 학교 제일의 미남과 미소녀 커플과 둘 사이에 훼방을 놓으려 하는 놈.

"아카리는 완전히 힐이야."

"회복마법?"

"악역(heel)이라고."

젓가락을 문 채 하루는 스마트폰으로 뭔가를 확인하고 있다. 뭘 보고 있는지는 모르겠지만, 그게 정보원일까.

"소문이니 내버려 둬도 되잖아."

나는 전혀 신경 쓰지 않고 빵을 한 입 베어 물었다.

"그럴 수도 없을 것 같아."

"응?"

하루는 스마트폰 화면을 보여주었다. 그건 학교의 비밀

게시판이었다.

위에서부터 순서대로 하루가 설명하면서 게시글을 표시해 나갔다.

『최강 미남 VS 2학년 엑스트라 씨.』

『그게 누군데.』

『2학년 놈. 이름은 몰라.』

『심정은 이해하지만 싸움은 왜 하는데ㅋㅋㅋ』

『그 녀석이 사야 짱한테 집적대서 키도코로가 뚜껑 열렸대.』

……아무 말이나 적혀 있지만 30% 정도는 맞는 것도 같다.

『진짜로 싸우면 엑스트라 씨가 더 셀 것 같지만요~.』

내가 아는 사람이 적었나?!

아니 글쎄, 후미 선배, 싸움 실력으로 남자를 평가하는 여자는 없다고요.

"지나치게 과열된 것 같은데. 게다가 사실과 미묘하게 다르긴 하지만 소문이 너무 빨리 퍼졌어. 어제 방과 후에 있었던 일인데."

"원래 그런 법이야. 다들 가십거리에 굶주려 있으니까. 사야 짱이랑 선배가 사귀기 시작했을 때는 훨씬 소문이 퍼지는 속도가 빨랐어."

"원나잇충인 것도 별로지만, 키도코로 선배는 아랫사람

을 찍어 누르려는 성향도 있는 것 같더라."

"그래?"

"의외지? 미남의 숨겨진 모습인 거겠지."

다들 그 사실을 알았다면 내가 이렇게까지 악역 취급당할 일은 없었을 텐데. 하루의 말에 따르면 원나잇충이라는 소문은 일부 여자애들 사이에서 퍼진 정도고, 모르는 여자애들이 태반이라고 한다.

"아카리, 어쩔 거야?"

"일주일쯤 지나면 다들 잊겠지."

굳이 일을 키울 필요는 없다. 다행히도 게시판에서는 내 정보를 아직 특정하지 못한 것 같으니까.

그런 생각을 하던 중, 나토리 양한테서 메시지가 왔다.

『3학년 선배가 교실에 와서 키미시마 군을 찾고 있어.』

귀찮아 죽겠네…….

내가 스마트폰을 들고 굳어있자, 궁금했는지 하루가 들여다보았다.

"진짜 싸움 나는 거야~?!"

"보아하니 키도코로 선배는 붙어볼 생각인 것 같네……."

"그런가 봐."

"그런가 봐, 라니……. 하루 짱, 이거 어떻게 좀 안 될까."

"따지고 보면 아카리가 시비를 건 탓이잖아?"

"아니, 어제 일은 내가 아니라 저쪽이——."

"그거 말고. 아카리가 건 거 맞잖아. 최강 미남 남친이 있다는 걸 알면서 흑심 품고 사야 짱이랑 친해지려고 했으니까. 어제 일은 소문과 다를지도 모르지만, 근본적으로는 아카리가 먼저 시작한 일이야."

어딜 봐도 갸루면서 죽고 싶을 만큼 진지하게 나를 타일렀다.

탈환 작전이란 건 본질적으로 그런 거다.

"……맞는 말이네."

납득하지 않을 수 없었다.

원래는 정면으로 맞붙을 생각이 없었다. 싸움은 잘 못하니까.

"결국 시간문제 아니냐? 어쩔 거야?"

◆ 타카우지 사아야

교실에서 도시락을 먹던 중, 키도코로와 자주 함께 있는 3학년 남학생이 아카리를 찾으러 왔다.

분명 어제 일로 할 말이 있어서 온 걸 거다. 과민하게 반응한 걸 사과하고 싶다고 했으니까.

주변에 있던 같은 반 애들은 뭔가를 아는 듯했지만, 희미한 긴장감을 풍기며 잠자코 있기만 했다.

"사야 짱, 류세이가 부르니까 같이 가줄래?"

"네? 아아, 네."

볼일이 있으면 본인이 오면 될 텐데, 라고 사아야는 생각했다.

어쩐지 키도코로의 태도가 마음에 걸렸다.

귀갓길에 대화 소재가 떨어지면 그는 누군가를 깔보는 이야기를 할 때가 많았다. 친구를 저렇게 부리기도 한다.

심야 라디오 방송을 듣고 있다는 이야기를 그에게 솔직하게 했더니 『뭐야, 그게ㅋ 얼른 잠이나 자ㅋㅋ』 하고 무시를 당한 일이 떠올랐고, 그건 곧 불신감과 위화감으로 바뀌었다. 알고는 있었지만, 그는 자신이 모르는 것에 편견부터 품는 타입이 아닐까, 하는 생각이 들었다.

펼쳐 놓았던 도시락을 정리하고 교실로 찾아온 3학년 남학생의 뒤를 따라 걸어갔다.

"키미시마랬나? 위험한 녀석도 다 있네. 같은 반이면 사아야도 조심해야겠어."

다정한 투로 말했지만 어째서 그렇게 인식하고 있는 것인지 사아야는 이해가 안 돼서 "네에" 하고 애매하게만 답했다.

"아, 키미시마란 녀석 찾았대."

남학생은 스마트폰을 확인하더니 그렇게 말했다. 무슨 소린지 알 수가 없어서 사아야는 물었다.

"키미시마 군을 왜 찾아요?"

"몰랐어? 류세이한테 싸움을 걸어서 그걸 받아들이는 쪽으로 지금 이야기가 흘러가고 있는데——."

"네?"

이해가 안 됐다. 뭐가 어떻게 됐기에 상황이 그렇게 되어버린 것인지. 시비를 건 것은 키도코로 쪽이었고, 심지어 어제는 그 일을 사과하겠다고 한 데다 그의 말을 전달하고서 얼마 되지도 않았다.

"집적대는 놈을 그대로 둘 수 없는 건 남자로서 이해가 돼. 자기 여친한테 손을 대려고 한 놈을 내버려 두면 체면이 안 선다고 해야 하나? 하하하."

이 3학년 남학생의 말에 따르면 아카리가 건 싸움을 키도코로는 받아들일 생각이라고 한다. 연인에게 손을 대는 놈이 건 싸움이니 대의명분은 충분하다는 모양이다…….

"무슨 소린지 모르겠어……."

자신을 핑계 삼아 마음에 안 들었던 아카리를 어떻게 하고 싶은 걸까.

구실로 이용되고 있다는 사실을 알자 썩 기분이 좋지는 않았다.

키도코로의 반으로 찾아가자, 그는 창가에서 추종자 몇 명과 함께 있었다.

창가에 기대어 팔을 창틀에 걸치고 있다.

이 사람, 반에서는 이런 식이구나, 라는 생각이 들어서 사아야는 속으로 한 번 더 점수를 깎았다.

"사아야, 불러내서 미안해."

추종자 남학생과 여학생 몇 명이 사아야를 알아보고 시선을 보냈다.

"……아녜요."

"어제는 그렇게 말했지만, 도저히 참을 수가 없어서."

"키미시마 군은 시비를 걸었다고 할 만한 짓은 아무것도 안 했어요."

"상관없어, 신경 쓰지 마. 이건 남자들의 문제니까."

키도코로는 그런 소릴 하며 들은 척도 안 했다.

"게시판에서 그렇게 난리가 난 이상, 이쪽도 잠자코 물러날 수 없어."

게시판? 고개를 갸웃하자 아카리가 혼자서 찾아왔다.

"실례함다~."

3학년 교실에 들어와 불편할 텐데도 아카리는 태연한 얼굴이다.

사아야는 무심결에 아카리의 얼굴을 보고 안심하고 말았다. 낯선 사람들이 있는 낯선 곳에서 아는 사람을 보니 조금 마음이 놓였다.

키도코로가 입을 열었다.

"키미시마 군. 왜 불렀는지 알지?"

아카리가 사아야를 흘끔 쳐다보았다.

"……뭐어, 일단은요."

아카리한테는 아무 잘못도 없는데 이런 시답잖은 일에 끌어들여서 정말이지 미안할 따름이다.

"사실과 다른 소문이 퍼져서 난감한데, 어떻게 좀 해주실 수 없을까요."

아카리가 담담하게 키도코로에게 말하더니 쓴웃음을 지었다.

"반은 사실이잖아? 나도 개인적으로 네가 마음에 안 드니까, 이렇게 된 김에 결판을 내자. 이만큼 소문이 퍼졌잖아. 그렇게 해야 수습이 될 거야."

와아, 하고 교실이 술렁거렸다. 어느샌가 실내에는 구경꾼들이 잔뜩 모여들어 있었고, 사건의 추이를 지켜보고 있었다.

"키도코로가 선전포고했어."

"어, 어, 싸우는 거야? 주먹으로? 지금 여기서?"

그, 그런 거야?! 내심 무척 동요한 사아야는 걱정스러운 눈으로 아카리를 바라보았다.

"사아야하고도 연락하고 있지, 너. 남의 여친한테 뭐 하는 짓이야."

두근, 사아야의 심장이 불쾌하게 뛰었다.

아카리와 메시지를 주고받고 있다는 이야기는 키도코로

에게 한 적이 없다.

우연히 대화방 화면을 본 걸까……?

"키도코로 선배는 진짜 아랫사람을 막 대하시네요. 저랑 타카우지 양은 공통된 취미가 있고…… 그에 관한 이야기를 나눈 것뿐이에요."

"아아, 라디오 말이지?"

저 무시하는 듯한 미소는. 취미와 그걸 좋아하는 아카리를 동시에 비웃는 것처럼만 보였다.

"동영상에 인터넷 방송, 쇼츠 영상의 전성기인 요즘 시대에 라디오라니. 심지어 굳이 밤늦게까지 안 자고 듣는다며? 대체 언제 적 얘길 하는 거야."

키도코로는 입가만 치올려 웃으며 어깨를 으쓱했다.

반박하고 싶은 말은 산더미처럼 많다. 아무것도 모르면서. 들어본 적도 없으면서.

속으로 치밀어 오른 울분을 삭이고 있자, 아카리가 한숨을 내쉬었다.

"아아, 네에네. 맞아요. 늦게까지 안 자고 실시간 청취하고 있죠. 저도 타카우지 양도요. 그래서, 그게 뭐요? 반대로 요즘 시대에 취미의 다양성조차 인정하지 않는다니, 언제 적 사람이세요? 사람들이 잠을 자는 시간까지 깨어서 즐길 만한 무언가가 있는 편이 그냥 잠만 자는 것보다 훨씬 즐거운 인생 아닌가요?"

교실 어디선가 들려오던 키득키득 웃는 소리가 딱 그쳤다. 고요해진 교실에서 아카리는 흥분할 뻔한 자신을 진정시키듯이 크게 한숨을 내쉬었다.

"남의 취미가 뭐든, 무슨 상관이에요."

무시를 당한 그날, 그리고 지금, 사아야가 키도코로에게 하고 싶었던 말을 아카리가 모두 해주었다.

어느샌가 사아야는 속으로 아카리를 응원하고 있었다.

3학년 교실에 있는 단 한 명뿐인 같은 반 친구를.

알아주는 사람이 없는 같은 취미를 가진 동지를.

사아야는 자신의 대변자에게 말없이 성원을 보내고 있었다.

침묵을 지키는 키도코로에게 아카리가 물었다.

"그래서, 어떻게 결판을 낼 거죠? 좋은 방법이라도 있나요? 저는 폭력적인 건 질색이거든요. 맞는 데는 이골이 나 있지만요."

……맞는 데는 이골이 나 있다고? 사아야는 어리둥절해서 눈을 껌벅거렸다.

"후배 군, 선수필승이에요. 우선 상대의 코에 있는 힘껏 주먹을 박아 넣으면 전의를 상실할 거예요."

사람들 사이에서 나타난 쬐그만 선배가 뒤숭숭한 조언을 하고 있었다.

"어떻게 결판을 낼지 생각해 봤는데…… 이건 어떨까?"

키도코로는 트럼프가 든 카드 케이스를 아카리에게 보여주었다.

"트럼프?"

"그래. 포커로 결판을 내자고. 폭력적인 게 아니니 괜찮지?"

"……………."

생각에 잠기듯이 아카리가 입을 다물었다. 그리고 똑바로 키도코로를 바라보았다.

"제가 이기면 아까 무시했던 거 사과하세요."

"좋아."

"하나 더. ……타카우지 양이랑 헤어지세요."

사아야는 놀라기보다는 가슴이 두근거렸다. 심장이 조금 전과 다른 소리를 내며 뛰었다.

"승부 내용은 이쪽이 제안했으니…… 좋아."

주변이 술렁거리는 가운데, 키도코로가 제안을 받아들이자, 교실 안은 더더욱 떠들썩해졌다.

"내가 이기면, 키미시마 군은 사아야랑 인연을 끊어. 학교는 물론이고 스마트폰으로도 연락하지 마."

좋지 않아……! 전혀 좋지 않아……!

여기서 자신이 강하게 부정하는 것도 이상해서 사아야는 속으로 아카리에게 거절하라고 외치고 있었다.

"알겠어요. 그 정도는 각오했으니까요."

"어, 엇, 응? 어어? 어, 어째서?!"

그런 각오, 이쪽은 하나도 안 됐는데.

엉겁결에 그런 말이 나오고 말았다.

◆ 키미시마 아카리

"어, 엇, 응? 어어? 어, 어째서?!"

타카우지 양, 당황한 게 표정으로 다 드러났어.

하지만 그게 무진장 기쁘기도 했다. 그리고 안절부절못하는 모습도 귀엽다.

나와의 교우관계를 소중하게 여기고 있기 때문에 그런 반응을 보이는 거다.

내 요구와 무게를 맞추기 위해 타카우지 양과 인연을 끊으라고 할지도 모른다고 각오는 했었다.

"……진심이구나."

키도코로 선배가 의외라는 듯이 말했다.

"일개 라디오 팬으로서 좀 전의 발언은 용서할 수 없고, 선배에 관해서는 좋은 소문을 못 들었거든요."

"그래서 헤어지는 게 좋겠다고 생각했다고?"

나는 아무 말도 하지 않고 키도코로 선배의 단정한 얼굴을 쳐다보았다.

"야, 네가 류세이에 관해서 뭘 안다고 그래."

옆에 버티고 있던 선배 한 명이 소리치자, 키도코로 선배가 제지했다.

"괜찮아. 신경 안 쓰니까."

"그쪽이 제안한 승부에 응하기로 했으니, 딜러였던가요? 포커에서 카드 나눠주는 사람. 그건 이쪽에서 지명해도 될까요."

"그 정도는 괜찮아."

…….

꽤 중요할 텐데, 이거. 쉽게도 승낙하네.

"하루…… 소꿉친구 중에 금발 갸루가 있는데, 그 애한테 부탁하려고 해요."

"아아. 그 갸루, 키미시마 군 친구였어? 좋아, 상관없어."

자신감이 엄청나네.

거기까지 정해지자, 키도코로 선배는 자신들이 평소 하는 포커의 규칙에 관해 설명했다.

보통 포커에는 딜러와 여러 명의 플레이어가 참가한다. 플레이어는 받은 손패(핸드)로 카드 조합을 만들고, 그 조합을 겨루어서 승패를 정한다.

하지만 이번에 할 것은 헤즈업(heads-up) 포커라고 하는 일대일 포커라고 한다.

점심시간의 끝을 알리는 종이 울리자, 키도코로 선배는

후미 선배를 불렀다.

"니시카타 양, 저 애랑 친하지? 설명 좀 해줄래?"

"좋아요."

후미 선배는 두말없이 승낙했다.

"후배 군, 방과 후에 남아줄래요?"

오늘은 알바가 없어서 나는 고개를 끄덕였다.

사흘 후 방과 후, 이 교실에서 결판을 내기로 정하자 어느샌가 모여들었던 구경꾼들은 우르르 교실에서 나갔다.

"키미시마 군, 가자."

뭔가 말하고 싶은 눈치였던 타카우지 양의 재촉에 따라 우리도 교실을 뒤로했다.

"어째서 그런 승부를 받아들인 거야!"

타카우지 양은 곧장 불안한 얼굴로 내게 말했다.

"저쪽도 알고는 있는 것 같으니 말하는 건데, 하루가 들은 소문에 따르면 키도코로 선배는 평판이 좋지 않아."

알았던 건지 몰랐던 건지, 타카우지 양은 복잡한 얼굴로 입을 다물었다.

"둘이 같이 있는 걸 봤을 때, 타카우지 양이 무리하고 있는 게 아닐까 싶었어."

"어째서, 그렇게……."

어째서 그렇게 생각한 거냐고?

착각일지도 모르지만, 나랑 이야기할 때는 적어도 즐거

워 보였으니까.

"그런 이유로, 정말 내 멋대로 한 생각이지만, 헤어지는 게 좋지 않을까 해서."

"정말 제멋대로네."

나무라는 듯한, 원망이 담긴 눈빛이었다.

"……미안."

"키미시마 군하고 이야기를 못 하게 되는 건, 나도 싫어."

그쪽을 나무라는 거였나.

자신이 무슨 말을 한 건지 알아챘는지, 타카우지 양은 타박타박, 도망치듯이 걷는 속도를 높였다.

"모처럼 생긴 친구니까……."

타카우지 양의 마음속에서 나는 그 정도의 존재가 되어 있었던 모양이다.

기쁜 동시에 그렇기에 더더욱 키도코로 선배한테서 빼앗아 와야겠다고 나는 다시금 생각했다.

"엄청 간단하게 말하자면, 일대일 포커예요."

방과 후, 나는 교실에 남아서 후미 선배의 설명을 듣고 있었다.

내가 끌어들인 하루와 당사자인 타카우지 양도 옆에서 설명에 귀를 기울이고 있다.

후미 선배는 가지고 온 카드를 분배하고 혼자서 시범을 보였다.

"보통은 손패로 카드 조합을 만드는데, 이건 조금 다르다는 거?"

"맞아요, 갸루 짱."

갸루 짱?! 너무 그대로잖아.

"플레이어는 딜러에게 받은 카드 두 장과 중립지에 있는 공동 카드 다섯 장으로 카드 조합을 만들어요."

후미 선배가 착착, 나와 타카우지 양에게 재빨리 두 장의 카드를 나눠주었다. 다음으로 중립지에 카드 세 장을 깔고 그걸 뒤집어 나갔다.

"포커의 카드 조합은 아나요?"

"게임에서 살짝 해본 적이 있어서요."

"그렇다면 괜찮아요. 베팅 타이밍은 플레이어가 두 번째 카드를 받았을 때, 중립지에 세 번째 카드를 깔았을 때, 네 번째 카드를 중립지에 깔았을 때, 다섯 번째 카드를 깔았을 때, 이렇게 총 네 번이에요. 네 번째 베팅이 끝난 후, 서로의 손패를 공개해서 승부하는 식이죠. 단——."

후미 선배는 규칙은 물론이고 운용 방법도 가르쳐주었다.

…………무진장 잘 아네.

자주 하는 거 맞지, 이거? 요전에 신발장 앞에서 키도코로 선배와 다퉜을 때도 방과 후에 남아 있었던 것 같고.

"공식 규칙과는 살짝 다를지도 모르지만, 키도코로 군이 말한 포커는 이거예요."

설명을 정리하자면, 이번에 할 포커는 손패와 공동 카드로 카드 조합을 만드는 걸 목표로 하여 대전 상대의 칩을 빼앗는 게임이라는 모양이다.

키도코로 선배는 무척 자신 있어 보였다.

나보다는 상대가 더 익숙한 게임이지만, 카드 운이 강하면 내가 이길 가능성도 상당히 높은데.

"……."

이렇게 후미 선배의 감독하에 하루가 딜러 역할을 맡아 타카우지 양과 대전하며 놀았다.

순찰하는 선생님이 와서 해산했지만, 오지 않았다면 날이 저물 때까지 했을 거다.

"재미있었어……!"

나와 키도코로 선배가 타카우지 양과의 관계를 걸고 싸우려 하고 있건만, 타카우지 양은 게임을 있는 그대로 즐기고 있었다.

"사야 짱 잘하더라."

"카드 조합을 만드는 것도 그렇지만, 상대의 심리를 읽는 게 더 중요한 것 같아."

엄청 대충 말하자면, 그런 거다.

자신에게 좋은 카드가 들어오지 않더라도 상대가 승부

를 안 하게 만들거나 계속 패배를 인정하게 만들면 이길 수 있는 것이다.

"블러핑은 상투적인 수법이니까요~. 그걸 염두에 두고 상대의 심리를 읽는 게 중요해요."

"쬐그만 선배, 엄청 잘 아네."

말 잘했다는 듯이 그 쬐그만 선배는 가슴을 펴고서 말했다.

"애초에 3학년에 그걸 유행시킨 건 저니까요."

플레이어가 아니라 유행을 만드는 쪽의 사람이었다.

【두뇌는 도박사】라는 스테이터스가 붙어 있을 만했다.

일반적인 여학생은, 그런 도박 계열 게임을 잘 모른다고요, 후미 선배.

"또 하자."

헤어질 때, 타카우지 양이 눈을 빛내며 말했다.

"당연하지! 하자~!"

하루가 밝게 답하자 응응, 하고 타카우지 양도 몇 번이나 고개를 끄덕였다.

하루와 함께 귀갓길을 걸어갈 즈음이 되어서야 나는 점심시간에 있었던 일을 설명했다.

"알아. 게시판에 그 일에 관한 글이 실시간으로 엄청 빠르게 올라왔거든."

"게시판 끝내주네."

"그래서 나도 도와줄 마음이 든 거지만…… 바보 아냐, 아카리?"

"어째서."

"당연히 상대가 더 잘할 텐데, 저쪽의 제안을 받아들이다니."

"이대로 질질 끌다가…… 저 둘이 가까워지면 어쩌려고."

그게 제일 무섭다. 아니, 싫다.

미행했을 때, 하루는 사귄 지 얼마 안 돼서 어색한 것뿐이라고 말했다. 그러니 시간이 지나면 서서히 친해질 가능성은 높다.

지금은 손을 대지 않은 것 같지만, 앞으로 그럴 거란 보장은 없다.

"하지만…… 아카리가 지면 앞으론 연락도, 이야기도 못하게 되잖아? 모처럼 교실에서도 그럭저럭 대화하게 됐는데. 나랑은 상관없는 일이니 아무래도 좋지만. 어떻게 되든 말이야."

하루는 아무래도 좋다고 강조하듯 말했다.

"하지만 아카리가 상처 입는 건 보고 싶지 않다고나 할까……."

"하루찡, 날 걱정하는 거야?"

"시, 시끄러! 옆에서 축 늘어져 있으면 짜증 날 것 같아서 그러는 거야!"

나는 엉겁결에 쿡, 하고 웃고 말았다.

“이래서 나는 하루를 딜러로 지명한 걸 거야.”

“그게 이해가 안 됐어. 왜? 어째서 나야?”

“3학년 교실에 있으면 불안하잖아. 하루 네가 있으면 마음이 놓일 테니까.”

익숙한 얼굴이라 안심감이 든다고나 할까.

하루는 약간 얼굴을 붉힌 채 헛기침을 하더니 장난스럽게 몸을 부딪쳤다.

“아카리는 하루찡을 사랑하나 보네~?”

“아냐.”

“나도 알거든?! 대놓고 부정하니까 뭔가 짜증 나!”

하루가 가방을 붕붕 휘둘러대기에 나는 “야, 잠깐, 그만해!”하고 방어 태세에 돌입했다.

하루를 좋아하는지 싫어하는지 묻는다면, 정말 좋아한다.

애정을 느낀다고 할 수 있을지도 모른다. 하루에게 남친이 생겨서 그 녀석과 딱 붙어 다니게 되면 조금은 질투할 거다. 고민에 빠지면, 내가 할 수 있는 범위에서 도움을 주려 할 거다.

나는 동생 같은 오빠이고, 하루도 동생 같은 누나다.

하지만 타인이기도 해서 여성으로 보일 때도 있다. 분명 애정이라기보다는 가족에게 느끼는 애착에 가까울 거다.

“알거든?!”

하루가 다시 한번 버럭 소리친 직후, 휘두른 가방이 내 얼굴을 깔끔하게 가격했다.

"흐걱?!"

이런 관계가 적어도 고등학교를 졸업할 때까지는 계속될 거라 생각했다.

결전의 날까지 나는 후미 선배와 계속 포커 연습을 했다.

"방금은 제 패가 약하다는 걸 읽었어야 했어요."

"세게 나오는 건 좋지만, 저도 그만큼 세게 나갈 수 있다는 걸 염두에 둬야죠."

"올인은 그냥 자포자기하는 걸로만 보여요. 패배를 인정하는 거예요?"

이런 식으로 1라운드가 끝날 때마다 감상과 조언을 듣고, 그를 바탕으로 연습을 해나갔다.

"후배 군은 조언을 순순히 받아들이는 아주 착한 멍멍이 계열 후배네요~."

설마 순종적인 개 같아서 멍멍이 계열 후배라는 건 아니겠지?

"만약 그렇다면 원래 뜻하고는 살짝 다른데."

"뭐라고요?"

"아뇨, 아무것도 아닙니다, 맴(ma'am)."

이렇게 특훈을 해준 덕분에 게임에 적응을 한 건 물론이고 그 심오함과 재미를 이해할 수 있었다.

다만 걱정하는 바가 적중한다면 솔직히 말해서 내가 블러핑을 하든, 카드 운이 좋든, 게임에 적응하든 말든 상관없이 승패가 갈릴 것 같다.

만약을 위한 대비는 해둘 필요가 있었다.

그리고 결전의 방과 후를 맞이했다.

키도코로 선배가 있는 교실에 하루, 타카우지 양과 함께 셋이 쳐들어갔다.

중앙에는 두 개의 책상이 앞뒤로 붙어 있고, 한쪽 자리에 키도코로 선배가 앉아 있었다. 그리고 관객들이 그걸 벽처럼 둘러싸고 있었다.

"잠깐만요, 지나갈게요."

나는 틈을 만들어 안에 들어갔고, 하루와 타카우지 양도 뒤따라 들어왔다.

"기다리게 해서 죄송하네요."

"기다리고 있었어."

키도코로 선배는 여자라면 누구나 졸도할 만큼 상쾌한 미소를 지어 보였다.

하루의 말에 따르면 그 점심시간부터 오늘까지 비밀 게시판에서는 난리가 났었다는 모양이다.

정의의 미남이 학교 제일의 미소녀를 걸고 2학년 남학생과 승부한다——. 모두가 그런 내용의 글을 이러쿵저러쿵 적어대고 있었단다.

두 사람의 사이를 갈라놓으려는 나는 완전히 악역 취급이다.

조금 정도는 내 편이 있지 않을까 싶었지만, 거의 없다는 모양이다. 타카우지 양 팬인 남학생들도 상대가 키도코로 선배라면 'Good Luck'이라는 듯이 덮어놓고 관계를 축복하고 있다나 뭐라나.

키도코로 선배의 그 악평이 게시판에 올라오기도 했지만, 압도적으로 숫자에서 밀렸다고 한다.

"지명을 받았으니, 제가 딜러를 할게요~."

"잘 부탁해, 하루 짱."

"네엡~."

하루가 성의 없이 대답하더니 새 트럼프를 뜯어서 섞었다.

"먼저 확인부터 하지. 키미시마 군이 이기면 나는 사아야와 헤어질게. 취미를 무시한 것도 사과하고."

"네. 선배가 이기면 저는 타카우지 양과 인연을 끊죠. 연락도 안 하고 학교에서도 말을 걸지 않겠어요."

응, 키도코로 선배는 고개를 끄덕였다.

"약속한 거다."

"네."

솔직히 말해서 진다 해도 마음만 먹으면 약속은 깰 수

있다. 하지만 저쪽이 졌을 경우의 조건도 상당히 크다.

그러니 약속을 어길 작정으로 싸우는 건 공평하지 못하다.

교실을 가득 메운 이 관객들은 일종의 증인인지도 모른다.

타카우지 양은 아무 말 없이 걱정스러운 눈으로 지켜보고 있다.

이런 식으로 싸움이 커진 건 미안하다고 생각한다.

진짜로 '나 때문에 싸우지 말아요' 상태니까.

칩 대신 공깃돌을 쓰고, 서로 30개를 가진 채 게임을 시작했다.

"후배 군, 세게 나가세요. 마음만 굳게 먹으면 뭐든 이길 수 있으니까요!"

인파 속에서 고개를 쏙 내민 후미 선배가 마지막 조언을 해주었다.

나는 아무 말 없이 고개를 끄덕였다.

그리고 제1라운드가 시작되었다.

우선 게임에 필요한 최소한의 칩을 서로 걸었다. 콜이니 레이즈니 그럴싸한 소리를 하자 두 장씩, 총 네 장이 포트(pot)라 하는 공통 계좌 같은 곳으로 미끄러져 들어왔다.

하루가 우리에게 각각 카드를 두 장씩 나눠줘서 확인해 보았다. 뭐, 솔직하게 말해서 강하지도 약하지도 않았다.

서로 눈치싸움을 위해 칩을 두 개씩 내놓자, 하루가 중립지에 두었던 카드 세 장을 뒤집었다.

"……."

7 원페어.

약하지만 이 시점에서 같은 숫자가 두 장 필요한 원페어라는 조합이 손패와 공동 카드로 완성되었다.

【포커페이스】 덕분인지, 키도코로 선배는 내 얼굴을 흘끔거리고 있지만 미간을 찌푸릴 따름이었다.

조합이 만들어졌다면 약하더라도 대결해라.

후미 선배가 알려준 철칙 중 하나였다. 다만 여기서 대량의 칩을 걸어서 세게 나가면 상대가 빠질 가능성도 있으니, 빠져나가지 않도록 라운드를 질질 끌며 칩을 조정해 나갈 필요가 있다.

칩을 걸고 다음 페이즈로 넘어가자, 하루가 중립지에 카드를 한 장 더 깔고 뒤집었다.

……내 손패와 공동 카드를 합쳐 같은 숫자가 세 장 모여서 원페어가 스리카드로 진화했다.

처음부터 카드 운이 좋다.

다시 베트 페이즈에 돌입했을 때였다.

"폴드."

키도코로 선배가 이번 라운드에서 패배를 선언했다. 나는 어리둥절할 수밖에 없었다. 그렇게나 손에 들어온 패가 좋지 않았던 걸까. 나는 티를 내지 않았을 텐데. 칩도 세게 걸지 않았고.

"그럼 으음, 지금까지 건 칩은 아카리 거네."

이로써 이번 라운드는 내가 승리하여, 판에 쌓여 있던 칩이 나에게 넘어왔다.

"죽는 건가요?"

서로 카드를 공개해 보니 키도코로 선배는 킹 원페어였다. 끝까지 갔다면 카드 조합에서 내가 앞섰을 테고, 지금 받은 것보다 많은 칩을 회수할 수 있었을 거다.

"스리카드라, 패가 좋네. 죽길 잘했어."

"카드 운이 좋았나 봐요."

만약 내가 7 원페어 상태로 대결했다면 숫자가 작은 내가 졌을 거다.

좋은 패가 들어왔는가, 판을 키워도 될 것인가, 패가 약하다는 걸 상대가 알아챘는가. 이 게임에 필요한 '예측'은 그 정도 수준일 거다.

그 단계에서 폴드했다는 건 내 카드 조합은 물론이고 숫자까지 간파했을 가능성이 있다.

……이 사람, 프로급으로 강한가?

제2라운드.

이전 라운드와 정반대로 내 손패는 엉망이다. 공동 카드 세 장을 합쳐도 조합을 만들 수가 없다.

이렇게 되면 블러핑으로 상대를 물러나게 하는 수밖에.

나는 조금 전에 딴 것을 합쳐서 열 개를 베팅했다.

"열 개? 승부사네, 키미시마 군."
"스승인 후미 선배한테 가야 할 때는 가라고 배웠거든요."
"니시카타 양한테 배워서 그렇게 실력이 좋은가 보네."
후미 선배, 대체 정체가 뭔가요. 이상할 만큼 인정을 받고 있잖아.
"……그러면 이쪽은, 콜."
키도코로 선배는 콜을 선언하며 나와 같은 수의 칩을 늘어놓았다. 죽게 할 셈이었건만 승부를 받아들여서 게임이 진행되었다.
제1라운드에서 진 탓에 키도코로 선배의 수중에 있는 칩은 시작 당시의 절반 이하가 되었다.
게임을 계속 진행했지만, 최종적으로 키도코로 선배는 죽지 않았다.
나는 조합을 만들지 못했다.
저쪽은 아마 만들었을 거다.
그나저나 처음부터 고민하는 낌새조차 안 보이던데…….
보통 조금은 고민할 법도 한데, 전혀 망설이지 않았다.
……역시 걱정이 적중한 모양이다.

이 인간, 뭔가 하고 있어.

포커는 수작질하기 일쑤라는 이미지가 강했던 데다, 키

도코로 선배의 교실이니 뭔가 준비를 해뒀어도 이상할 게 없다.

정정당당하게 하려고 했는데. 그렇게 나오겠다 이거지?

나는 마음을 다잡고자 기지개를 켜고 심호흡했다. 별생각 없이 주변을 둘러보다가, 문득 알아챘다.

키도코로 선배의 추종자로 보이는 남학생 네 명이 조마조마한 얼굴로 이쪽을 보고 있었다.

서 있는 위치는 모두 내 등 뒤. 시계의 문자판으로 표현하자면 4시부터 8시 방향에 있는 사람 중 네 명이 안절부절못하고 있었다.

이런 건 보통 친구끼리 뭉쳐서 보지 않나?

"……."

외부에 협력자를 두면 내 손패를 들여다보기는 쉬울 거다.

아마도 저 네 사람이 내 손패를 보고 키도코로 선배에게 모종의 신호를 보내고 있다.

두 장밖에 안 되는 카드의 그림과 숫자. 전달할 수 있는 게 그것뿐이라면 정보량이 그리 많지는 않을 거다.

후미 선배와 연습할 때는 신경전을 하다가 가끔 눈이 마주쳤던 데에 반해, 키도코로 선배하고는 전혀 눈이 마주치지 않았다.

내가 아니라 뒤에 있는 친구들을 보고 있었기 때문인가.

키도코로 선배의 스테이터스에는【책사】가 붙어 있었다.

그걸 몰랐다면 나는 의심치 않고 정정당당하게 대결했을 거다.

"아카리, 선배가 콜했어. 어쩔 거야?"

"잠깐만 기다려 봐."

잠시 생각할 시간을 가지자.

고민하는 척을 하며 방법을 생각한다.

"……키도코로 선배는 강하네요, 상당히."

"그래?"

"네. 저도 후미 선배랑 특훈해서 강해졌다고 생각했는데, 못 당할 것 같아요."

"그러면 패배를 인정하지 그래?"

"그럴 수는 없죠. 미남한테는 지지 말라는 게 키미시마가의 가훈이거든요."

"이상한 가훈도 다 있네."

"그렇죠? 저도 선배처럼 미남으로 태어나고 싶었다고요."

"지금은 잡담이나 할 때가 아닌 것 같은데?"

"저는 입을 움직여야 생각이 정리되는 타입이라서요, 죄송하네요."

굽실거리며 나는 좀 더 떠들어댔다.

관심 없는 상대 앞에서도, 아무래도 좋은 이야기가 술술 나오는 건【말재주가 좋음】스킬 때문일 거다.

"특훈하고서 처음으로 이 게임이 꽤 재밌다는 생각이 드네요.”

“…….”

키도코로 선배는 이제 맞장구도 치지 않고 넌더리가 난다는 표정을 한 채 듣고만 있었다.

【강심장】과 【칭찬을 잘함】, 【포커페이스】가 있다. 괜찮다. 할 수 있다. 떨지 마라, 내 손.

“그 반지 멋지네요. 어디서 샀어요?”

“아아, 이거?”

키도코로 선배가 반지를 쳐다보며 확인했다.

“비싸지 않았어요?”

“아니, 글쎄. 선물로 받은 거라.”

“여자애한테요? 좋겠다~.”

“얼른 하기나 해.”

기다리다 지친 키도코로 선배가 짜증스러운 투로 말했다.

“죄송해요. 이제야 생각이 정리돼서. ……레이즈.”

나는 같은 숫자의 칩을 베트하고, 추가로 더 얹었다.

키도코로 선배가 씨익 웃었다.

“좋은 패가 들어왔나 보네. 부러운걸. 콜.”

키도코로 선배는 계속 따라왔다. 이로써 상대의 칩은 하나도 남지 않았다. 제2라운드에서 수중에 있는 칩이 바닥난 것 자체가 이상한 일이다.

이 라운드에서의 승리를 확신하지 않는 한 불가능한 일

이다.

뒤집어서 말하면 이번 라운드에서 지면 승부에서 진다는 뜻이다.

하루가 다섯 번째 카드를 중립지에 깔았지만 나하고는 상관없어 보였다. 마지막 페이즈가 끝나 손패를 공개하는 단계로 넘어갔다.

"괜히 세게 나간 거 아닌지 모르겠네. 질지도 모르는데."

거짓말하시네. 히죽거리는 얼굴에 다 나와 있구만. 확실하게 이겼다고 생각하고 있다는 게.

"이쪽은 8 원페어야."

키도코로 선배가 카드를 공개했다. 공동 카드와 손패에 8이 한 장씩 있다.

나도 뒤이어 손패를 공개했다.

아무 조합도 못 만들었다고 생각하고 있겠지. 유감스럽게 됐네.

"스트레이트입니다."

원페어보다 훨씬 높은 조합이었다.

"엑? 뭐———?!"

키도코로 선배가 눈이 휘둥그레져서 굳어진 채 카드를 몇 번이나 확인했다.

"그쪽에는 이제 칩이 없으니, 제가 이겼네요."

"잠깐——?! 말도 안 돼!"

"왜 그렇게 당황하신 거죠?"

퍼뜩 정신을 차린 키도코로 선배가 그 친구들에게 시선을 보냈다.

뒤를 돌아보니 그 친구들도 당황하고 있었다.

"이 승부, 아카리의 승리~!"

하루가 빙긋 웃었다.

휴우~ 나는 의자 등받이야 등을 기대었다.

타카우지 양을 보니, 울고 있었다.

우, 울어……? 어?

눈이 마주치자, 교실에서 나갔다.

어째서. 어? 어?

당황하던 중에 자리에서 일어난 키도코로 선배가 타앙, 하고 두 손으로 책상을 내려쳤다.

"잠깐잠깐잠깐! 이상해, 이상하다고!"

"이상하다니…… 가능성이 높지는 않지만, 스트레이트는 꽤 자주 나오는 조합이잖아요."

톡톡, 나는 카드를 정리했다.

늘어난 만큼의 카드는 당연히 빼두었다.

"말씀하시는 걸 보니, 제가 뭘 들고 있는지 아시기라도 했나 봐요?"

"그건……. 그럴 리가, 없잖아!"

"그럼 이상한 건 없네요. 스트레이트가 모였으니 세게 나간다. 당연한 거 아닌가요?"
"큭……."
이 사람, 아마 포커 잘 못할 거다. 너무 티가 난다.
수작질하기로 작정하고 포커 대결을 제안한 걸 거다. 사전에 계획한 게 아닌 이상 저런 부자연스러운 위치에 친구들이 있을 리 없다. 보통은 친구인 키도코로 선배 쪽에 있으려 할 테니까. 경계하길 잘했다.
"선언했던 대로, 약속은 지켜주셔야겠어요."
키도코로 선배는 힘없이 털썩, 의자에 앉았다.
"…………하아. 알았어. 약속은 지키지. 사아야, 그렇게 됐어, 미안해."
이때, 나는 이 '미안해'가 어떤 의미인지 알아채지 못했다.
그냥 단순하게 타카우지 양이 헤어지기 싫어한다고 생각하기에 내뱉은 말인 줄 알았다.
"어라? 없네."
"타카우지 양이라면 아까 교실에서 나갔어요."
"그래. 그러면 나중에 내 쪽에서 말할게."
"하실 말이 하나 더 있잖아요?"
정말로 잊고 있었는지 어깨를 으쓱하며 쓴웃음을 지었다.
"그래, 그랬지. ……너와 사아야의 취미를 무시한 걸 사과할게. 정말 미안해."
깍듯하게 고개를 숙여서 사과했다.

"한 번 들어봐 주세요. 재미있으니까요. 본 적도, 들은 적도 없는 걸 무시하는 건 좋지 못하다고요."

하다못해 접해보고 무시하든 욕을 하든 했으면 좋겠다. 그렇게 한다 해도 좋아하는 걸 무시당하면 화가 나겠지만.

"명심해 둘게."

이렇게 된 이상 타카우지 양하고 걸작선을 만들어서 키도코로 선배한테 포교할까.

어느 회의 어느 부분을 넣지……? 타카우지 양이라면 어느 부분을 뽑을까.

아, 맞아. 타카우지 양! 어째선지 울고 있었는데?!

사, 사실 헤어지기 싫었던 건가……?

그럼, 저는 이만, 이라고 말하며 나는 서둘러 교실에서 나왔다. 연락해도 반응이 없기에 나는 학교 건물 안을 뛰어다녔다.

타카우지 양이 있을 만한 곳으로 짚이는 곳이 하나 있긴 했다.

그리고 숨을 헐떡이며 계단을 오른 끝에 타카우지 양을 발견했다.

"왜 그래?"

타카우지 양은 내가 평소 점심시간을 보내는 옥상 앞에서 무릎을 끌어안고 있었다.

고개를 들더니 젖은 뺨을 손수건으로 닦았다.

"마음이 놓여서. 얼마나 걱정했는데."
아~…… 그런 거구나.
헤어지는 게 싫어서 운 게 아니라 다행이다. 진짜 그런 이유였다면 무진장 나쁜 놈이 될 뻔했다.
"사과받았어."
"어?"

"우리가 좋아하는 걸 무시했잖아."

타카우지 양은 아직 젖어있는 속눈썹과 함께 눈을 깜박이더니 빙긋 웃었다.
"안 들으면 손해인데."
열혈 청취자는 생각이 편향적이다. 하지만 동감이었다.
"아마 한 번도 들어본 적 없겠지. 나랑 타카우지 양이 걸작선을 만들어서 들려주지 않을래?"
"괜찮다, 그거. 나랑 키미시마 군이라면 엄청 좋은 걸작선을 만들 수 있을 것 같아."
"어딜 넣지? 최근 것 중에는 혼다네 집 급탕기가 망가졌다는 이야기가 좋지 않을까 싶은데."
"뭐어, 일반 사람들한테는 반응이 좋을 것 같네. 결말도 명확한 편이고. 덧붙여서 말하자면 나는 밋츤의 낭비벽과 미니멀리즘 지향을 두고 청취자가 메일로——."

"아아. '그렇게 사서 버릴 거면 그냥 네 이름으로 된 중고샵을 열든가'라고 일침을 가했던 거? 근데 그 에피소드는 알아들을 사람만 알아들을 테니, 처음 듣는 청취자한테 권하기에는 미묘하지 않아?"

"그렇지 않아."

"아니, 타카우지 양은 라디오 IQ가 높아서 평범한 사람에게 좀 맞춰야 낚일 거라고."

"노, 높지 않아……! 느닷없이 칭찬하지 말아줘……."

"엄청 기뻐 보이는데?"

"그, 그렇지 않아!"

"그리고 '우지차' 개그 메일 걸작선도 만들어야지."

"하지 마."

"……."

"정말로 하지 마."

"아. 이거 진심이구나……. 죄송합니다."

역시 타카우지 양은 척하면 착이라 내 지식과 열량에 비례하는 반응이 돌아온다.

이대로 몇 시간이든 수다를 떨 수 있을 것 같다. 좋아하는 사람과 좋아하는 것에 관해 이야기할 수 있다니, 이렇게 행복한 일이 또 있을까.

"아. 키도코로 선배한테서 메시지가 왔어. 아까 그 교실에 있으니까 이야기 좀 하재."

정식으로 이별을 고하려는 것이리라.

키도코로 선배도 타카우지 양도 미련이 있는 것처럼은 안 보인다. 나는 타카우지 양을 좋아하게 된 키도코로 선배가 고백한 줄 알았다.

하지만 좀 전에 깔끔하게 패배를 인정하고 헤어지자는 말을 전하려고 했다. 그렇다면 타카우지 양이 키도코로 선배를 좋아했던 걸까? 그것도 애매하다. 그랬다면 미행했을 때 좀 더 즐거워 보였을 테니까.

타카우지 양이 교실로 돌아가기에 나도 따라갔다.

안에는 키도코로 선배가 혼자 있었다.

"미안해, 사아야. 키미시마 군한테 졌으니까, 약속대로 헤어져야겠어."

"알겠어요."

두 사람 모두 무척 담담했다. 충격을 받지도, 싫다고 저항하지도 않았다.

"사람들 앞에서 선언하고서 져버렸으니, 그 관계를 이어가기는 어려울 것 같거든."

"아뇨. 충분해요. 고마웠어요."

고마웠어요?

"그래? 그렇다면 다행이야. 사아야한테도 사과할게. 취미를 무시해서 미안해. 잘못했어."

"아뇨, 이제 됐어요."

시원시원하다 못해 상쾌할 지경인 두 사람의 대화를, 나는 이해할 수가 없었다.

"이상해요, 둘 다."

"뭐가?"

"제가 할 말은 아니지만, 연인과 이런 식으로 헤어지게 되면 보통은 그게, 좀 다른 반응을 보이지 않을까요? 너무 담담하잖아요."

키도코로 선배와 타카우지 양은 무언가를 확인하듯 한 차례 눈을 마주치고서 입을 열었다.

"이럴 때 '감이 좋은 애들은 싫다니까'라는 말을 하는 거겠지."

"네……?"

"키미시마 군한테만 말해주자면. 진짜로 사귄 게 아니었어."

"어? 무슨 뜻이죠?"

이어서 타카우지 양이 입을 열었다.

"서로 좋아한 게 아니었어. 우연히 이해관계가 맞아떨어진 것뿐이고."

"이해관계가 맞아서, 사귀었다고?"

무슨 소릴 하는 거지?

"내가 고백받는 장면을 선배가 우연히 봐서——."

"서로 참 힘드네, 라는 이야기를 주고받게 됐어."

인기 있는 사람들끼리 공감되는 바가 있었나 보다.

"내 쪽에서 가짜 연인이 되면 이런 번거로운 일이 줄어들지 않을까, 하고 제안했고 그걸 사아야가 승낙했어."

"어? 그러면……."

"선배랑 나는, 사귀는 척만 하는 위장 커플이었어."

여러모로 많은 것들이 납득갔다. 그래서 그렇게나 담담했던 건가 보다.

더욱 자세한 설명이 이어졌다.

고백하는 사람들은 장난삼아서가 아니라 다들 진지했고, 그러다 보니 진지하게 거절해야 했으며, 당연히 거절하는 쪽도 다소 마음이 아플 수밖에 없고 기운이 빠졌다는 모양이다.

고백한 적도, 받은 적도 없는 탓에 그 감각은 알 수 없었다. 하지만 두 사람은 그 감각과 심정을 공유했다.

그리고 서로 이해관계가 일치해서 타카우지 양은 그 관계를 승낙했다.

서로 좋아하지는 않지만, 열심히 남자친구와 여자 친구인 척을 해서 주변 사람들에게 의심을 사지 않으려 노력했다는 모양이다.

어정쩡하게 연인 행세를 하면 마음을 돌리려고 접근하는 사람이 있었을지도 모른다.

하지만 타카우지 팬들이 덮어놓고 지켜본 것만 봐도 알 수 있듯이, 어울리는 상대가 있으면 다들 납득하고 물러선다.

그런 남자 쫓는 부적, 여자 쫓는 부적의 효과가 있었다는 모양이다.

"아무한테도 들켜서는 안 되는 일이라 감추느라 고생했어. 남친다운 행동도 해야만 했고."

감이 딱 왔다.

나에게 시비를 건 것도 그 때문이 아니었을까. 나를 내버려 두면 그걸 본 다른 남학생들이 타카우지 양에게 들러붙을 가능성도 있었으니까.

"그래도 스마트폰을 엿본 건, 너무했어요."

타카우지 양이 쓴소리를 하자 키도코로 선배는 전면 항복했다.

"미안. 잘못했어. 사아야가 학교 얘길 할 때마다 늘 키미시마 군의 이름이 나와서, 어떤 사람일까 궁금했거든. 진짜로 좋아하는 게 아니라도 조금은 질투가 나더라고."

"내 이름이요?"

"그래."

"아, 아아아, 아니…… 그런 이상한, 그게 아니라, 가끔밖에 말 안 했어."

당황한 타카우지 양이 필사적으로 부정했다.

내가 없는 데서 내 이야기를…….

아마 라디오와 관련된 이야기를 했을 때가 아니었을까.

"그러면 어째서 저의 그런 조건을 받아들이신 거예요? 난감해질 게 뻔한데. 위장이라면 더더욱이요."

게시판에서 난리가 나든, 내가 타카우지 양 근처를 얼쩡거리든, 전부 무시하면 될 일이었다. 위장 커플이라는 건 아무도 몰랐을 테고, 관계를 지속하는 데도 큰 지장은 없었을 거다.

"여자애들이 추어올려 주던 시절이 더 좋았다는 생각이 들었거든."

"네?"

"사아야랑 사귀고서부터 귀찮게 고백을 받는 일은 없어졌지만, 한편으로는 섭섭하더라고."

……단순하면서도 짜증 나는 남자였다.

"그렇게 뚱한 눈으로 쳐다보지 마. 이유 중 하나였을 뿐이니까. 가장 큰 이유는, 키미시마 군이 얼마만큼 진심인지를 보고 싶었던 거고."

"……."

들통났다. 내가, 타카우지 양을 좋아한다는 게.

"충분할 만큼 알고 났더니, 이제 그만해도 되겠다 싶더라고."

나로서는 결과적으로 이렇게 되어 무척 다행이었다.

그도 그럴 게, 위장 커플이라고 했지만 당신…….

서서히 좋아하게 되는 패턴이잖아……!

처음에는 '뭔가 좀 아닌 것 같은데~' 라고 생각하지만 서로 좋은 점을 발견하기 시작해서 정신을 차려보니 '어라? 나 혹시——? 정말 좋아하게 된 건가——?!' 같은 전개 일직선 코스였잖아! 진짜 큰일 날 뻔했네! 내버려 뒀으면 난리가 날 뻔했어. 다행이야, 진짜로.

이야기는 이로써 끝이라는 듯이 "다른 학교 애가 같이 노래방 가자고 했거든?"이라는, 안 해도 될 인기남 어필을 마지막으로 한 후, 키도코로 선배는 교실을 나서려 했다.

"아아, 참."

그러더니 문득 생각이 났다는 듯이 걸음을 멈췄다.

"키미시마 군, 그거 어떻게 한 거야? 카드 바꿔치기한 거."

에필로그

"정말로 헤어졌구나?"

"약속했으니까."

타카우지 양과 헤어져 기다리고 있던 하루, 후미 선배와 합류한 나는 귀갓길을 걷고 있다.

"그런 승부로 깔끔하게 헤어지다니, 사야 짱이 여친이라도 그렇게까지 소중히 여길 생각이 없었나 보네~."

키도코로 선배의 태도가 떠올랐는지 하루가 화난 표정을 짓고 있었다.

그렇게 봐도 납득은 될 테니 위장 커플이었다는 이야기는 안 하는 게 좋겠지?

후미 선배에게 시선을 돌려 보니 히죽히죽 웃고 있었다.

"후배 군, 했군요?"

뉘앙스로 보아 '잘했다'는 칭찬이 아니라 '결국 해버렸구나'라는 의미가 강한 듯했다.

"저쪽이 하고 있다는 걸 알아챘거든요."

"하지만 '그건' 사전에 준비할 필요가 있잖아요?"

"의외로 나무라지 않으시네요. 정공법을 쓰지 않은걸."

"그런 건 알아챘을 때 지적하는 게 매너예요. 못 알아채면 그 녀석은 그냥 봉이라는 뜻이고요."

전쟁을 겪고도 살아남은 전설의 도박사 같은 소릴 하며

후미 선배는 웃었다. 겉모습이랑 안 어울리게.

그리고 나는 내 패를 보고 있다는 걸 알아채고, 그걸 이용했다.

“후미 선배는 키도코로 선배가 수작을 부리고 있다는 걸 알아챘나요?”

“확증은 없었어요. 하지만 승부를 건 사람의 얼굴이 아니었거든요. 아무것도 걸지 않고 판의 바깥에서 승리를 얻으려 하는, 못된 얼굴이었어요.”

나는 새삼【책사】항목에 관해 생각했다.

그래서 위장 커플이라는 아이디어를 떠올릴 수 있었던 걸까.

아니, 그보다 표정만 보고 알아챈 후미 선배는 대체 뭘까.

“이번에는 후배 군이 만일에 대비해서 했던 ‘연습’ 덕을 봤다고 해야겠네요. 필연적인 승리였어요.”

연습…….

그쪽도 다 들통났네.

카드 조합은 낮은 것부터 순서대로 하이카드, 원페어, 투페어, 스트레이트…… 이런 식이다. 스트레이트 이상의 카드 조합도 있지만 생략하겠다.

하이카드는 한 장만으로 성립하는 카드 조합이다.

하이카드 중 최강은 A. 만에 하나를 위해 나는 그걸 소매에 한 장 숨겨두었다.

저쪽의 칩도 바닥이 난 데다, 중립지에 공동 카드도 적절하게 깔렸기에 손패 아래로 빼서 A를 포함한 스트레이트 조합을 완성했다.

저쪽은 처음부터 대결할 생각이 없었다. 수작질을 염두에 두고 일방적인 게임 전개로 몰고 갈 속셈…… 후미 선배의 말을 빌리자면 '판 밖에서 승리를 얻으려' 하고 있었다.

그렇게 나오겠다면 눈에는 눈이라고 생각했던 거다. 준비는 했었지만 정말 사용할 생각은 없었다. 그런데도 굳이 준비한 이유는, 【책사】 스킬이 계속 마음에 걸렸기 때문이다.

딜러를 이쪽이 정하게 해준 것도 이상했다.

하루가 나와 짜고 유리한 카드를 줄 수도 있기 때문이다.

그걸 승낙한 건 아마 나를 믿은 게 아니라, 딜러의 동향과는 상관없이 나를 압도할 준비를 해두었기 때문이었을 거다.

내가 바꿔치기했다고 단언한 걸 보면, 저쪽도 준비는 했었을지 모른다.

【강심장】이 없었다면 준비했어도 쫄아서 못 썼을 거다. 【말재주가 좋음】과 【칭찬을 잘함】은 주의를 돌리는 데에, 그리고 【포커페이스】는 들통나지 않게 하는 데에 큰 도움이 되었다.

"무슨 소리야?"

"후배 군이 열심히 노력한 덕이라는 이야기에요."

"노력했다니…… 그건 아카리의 카드 운이 좋았던 것뿐이잖아?"

"순진하네요, 갸루 짱은."

"에엥~? 무슨 뜻이야?"

하루는 난감한 얼굴로 고개를 갸웃한 채 나와 후미 선배를 번갈아 쳐다보았다.

갈림길에 접어들어 후미 선배와 헤어졌다.

"쬐그만 선배, 귀여워."

열심히 손을 흔드는 모습을 보고 하루가 흔훈해하고 있었다.

"꽤 무서운데 말이지……."

"어딜 봐서~."

보통은 그렇게 생각하겠지.

겉모습이 초등학생이라서 그렇지, 속에는 험상궂은 깍두기 머리 아저씨가 들어앉아 있는 게 아닌가 싶을 만큼 의협심이 넘친달까, 와일드한 성격이다.

통학로를 따라 걸어, 천천히 집으로 향한다.

"있지, 알바 언제야?"

"왜 하루가 내 알바 일정을 알려는 건데?"

"어…… 왜냐하면……."

하루가 어린애처럼 말을 우물거리더니 정색하고 소리쳤다.

"이, 이쪽도 알고 보면 바쁘거든?! 아카리랑 놀아줄 시간은 없거든?"

"어느 쪽이야. 그럼 내버려 둬."

"뭐어~? 짜증 나."

"뭐가."

토라진 듯이 하루는 입술을 삐죽거렸다.

본인이 말했듯이 하루는 친구가 너무 많아서 나랑 놀아줄 시간이 거의 없잖아.

"사야 짱이랑 선배, 헤어져서 다행이네."

하루가 차분한 얼굴로 말했다.

"이렇게 잘 풀릴 줄은 몰랐어."

위장 커플이 된 지 얼마 안 된 덕일지도 모른다. 내버려 뒀으면 진짜 커플이 되었을 가능성도 있었다.

"하지만, 그렇다고 나를 좋아할 리는 없단 말이지……."

그 부분이 문제다.

"얼른 격침되고 와. 시체는 수습해줄게."

"차이는 걸 전제로 말하지 마."

"그렇게 되면 나도 마음이 편해질 텐데."

"뭐가?"

"아무것도 아냐. ──그럼, 나중에 봐."

그렇게 말하더니 하루는 자기 집 쪽으로 걸음을 옮겼다. 가방 손잡이에 팔을 집어넣어 배낭처럼 짊어져서, 무진장 짧은 스커트가 바람에 들춰지지 않도록 가방으로 막고 있다. 생활의 지혜라고 해야 할지, 용케 저런 방법을 생각해냈네, 싶어서 감탄스러웠다.

"쳐다보지 마!"

시선을 느낀 건지, 하루가 뒤를 돌아보며 혀를 낼름 내밀어 보였다.

나도 "또 보자"라고 말하며 걸어 나갔다.

걸작선 이야기를 타카우지 양이랑 해야 하는데.

어딜 넣는 게 좋을까. 그런 생각을 하며 집으로 돌아갔다.

◆ 타카우지 사아야

"어쩌지. 걸작선을 둘이 만들기로 했는데……."

집으로 돌아온 사아야는 설레는 마음으로 아카리의 제안을 돌이켜 보고 있었다.

그 회차와 이 회차, 그 부분도 넣고 싶다. 청취자가 느닷없이 보내온 메일에 대한 폭발적인 반응도 넣어야 할까……?

"세 시간을 꽉꽉 채워도 모자랄 거야."

그날부터 계속 무거운 돌이 가슴을 짓누르는 듯한 기분이었다.

위장 커플 작전을 쓰려면 사귀는 척만 할 게 아니라 그렇게 보이도록 늘 어필할 필요가 있다고 키도코로가 말한 탓도 있다.

성가신 일을 피하기 위해서라고는 해도 사아야는 뭔가 나쁜 짓을 하는 것 같은 기분이 들었다.

그리고 귀갓길에 재미없는 대화를 나눌 때도 우울했다. 그걸 내일부터는 안 해도 된다.

스트레스 거리가 없다는 게 이렇게나 가슴 후련한 일일 줄이야.

"키미시마 군은, 어느 회의 어느 부분을 추천할까."

상상만 해도 두근두근 가슴이 뛰었다.

"……."

그 일로 뭔가 메시지를 보내거나 전화를 걸어오지는 않을까, 싶어서 10초마다 스마트폰을 확인하게 된다.

"기, 기다리는 거 아니야. 전혀. 아니라고."

열기를 띤 뺨을 식히려고 손등을 가져다 대었다.

아카리와 이야기하는 게 즐겁다는 것을 알아챈 후로, 아침에 그가 등교하기를 기다리고 있다.

그날 점심시간. 자신의 편이 아무도 없는 상황에서도 아카리는 취미를 무시한 키도코로의 어리석음을 막힘없는 말로 꾸짖었다. 그 뒷모습이 지금도 눈꺼풀 안쪽에 아로새겨져 있다.

그리고 그 요구를 하던 모습도.

"뭐야. 헤어져 달라니, 대체 왜……?"

올곧은 아카리의 눈빛을 떠올리자 다시 뺨이 붉어졌다.

"………… ."

'만다리온 심야론'에 있는 상담 코너.

평소 개그를 보내던 사아야는 스마트폰을 천천히 조작했다.

그리고는 한 문장씩 글을 적어 나갔다.

【최근 친해진 친구가 있습니다. 그 사람과는 취미가 맞아서, 같이 있으면 무척 즐겁습니다.】

생각했다가 지우고, 생각했다가 지우고.

생각이 모여 다음 문장을 이루어 나간다.

【인격적으로도 근사한 사람이라고 생각합니다. 하지만 그 사람이 다른 사람과 친하게 지내는 걸 보면 서운한 마음이 들거나 약간 가슴이 답답해집니다——.】

그리고 마지막 한 문장을 입력한 후, 방송 코너 앞으로 된 메일 주소로 보냈다.

"크으~~."

사아야는 침대로 파고들어 발버둥을 쳤다.

보낸 편지함에는 이미 좀 전에 송신한 메일이 들어 있었다.

보나 마나 채용되지 않을 거다. 마지막 한 문장을 다시 한번 확인하며, 사아야는 혼자 얼굴을 붉혔다.

【이거, 제가 사랑에 빠지기라도 한 걸까요?】

후기

안녕하세요. 켄노지입니다.

『소꿉친구의 연애 상담. 상대는 나 같은데 아닌 듯』에 이어 스니커 문고에서 출간하게 된 두 번째 러브코미디입니다. 이번 작품도 잘 부탁드리겠습니다.

올해 1월경에 기획을 제출해서 이렇게 책이 될 때까지의 속도는 저, 켄노지 사상 최고였습니다. 올해 내로 낼 수 있으면 좋겠다~ 뭐어, 평균적으로 보면 내년이겠지만~ 이라고 생각했습니다.

힘써 주신 담당 편집자님께는 감사한 마음뿐입니다……!

신작을 낼 때는 매번 조마조마하고, 이런저런 생각을 하다 잠을 이루지 못하는 날도 있습니다. 매번 낯설기만 합니다.

이번에는 전작인 『소꿉친구의 연애 상담~』과 달리 처음부터 주인공이 히로인을 좋아한다는 걸 인식하고 있는 계통의 러브코미디입니다. 같은 러브코미디라도 다소 맛이 다르지 않을까 싶습니다. 스테이터스를 볼 수 있게 되었다는 판타지 요소도 넣었으니, 그런 의미에서 보면 전작보다 변화구에 가까운 작품이라 할 수 있겠죠.

만약 비교하며 읽어 보고 싶다~ 싶으시면 『소꿉친구의

연애 상담~』도 읽어주십시오. 3권 완결이라 길지 않고 읽기 쉽게 구성되어 있습니다. 이쪽도 잘 부탁드립니다.

이번 작품을 간행하면서도 많은 분께 신세를 졌습니다.
담당 편집자님은 물론이고 나루미 나나미 선생님께서는 귀여운 히로인 디자인과 더불어 최고의 일러스트를, 아닌 게 아니라 컬러 일러스트까지도 완벽하게, 초 하이 퀄리티로 그려주셨습니다. 정말로 감사합니다!
그러한 분들 덕분에 이렇게 본 작품을 세상에 내놓을 수 있었습니다.
독자 여러분은 물론이고 제작 관계자 여러분, 판매 관계자 여러분, 본 작품에 관계해 주신 여러 사람을 행복하게 할 수 있는 작품이 되었으면 합니다.
다음 권도 낼지 모르니 부디 기대해 주십시오.

켄노지

어느 날, 타인의 비밀을 볼 수 있게 된 나의 러브코미디 1

2024년 5월 15일 1판 1쇄 발행

저 자 켄노지
일러스트 나루미 나나미
옮 긴 이 정대식
발 행 인 유재옥
이 사 조병권
출판본부장 박광운
편집 1팀 최서영
편집 2팀 정영길 박치우 정지원 조찬희
편집 3팀 오준영 권진영 이소의
디자인랩팀 김보라 박민솔
디지털사업팀 박상섭 김지연 윤희진
라이츠사업팀 김정미 맹미영 이윤서
영업마케팅팀 최원석 박수진 이다은
물 류 팀 허석용 백철기
경영지원팀 최정연
인쇄제작처 ㈜코리아피엔피
발 행 처 ㈜소미미디어
등 록 제2015-000008호
주 소 서울시 마포구 토정로222, 502호 (신수동, 한국출판콘텐츠센터)
판매 및 마케팅 (070) 8822-2301

ISBN 979-11-384-8309-4
ISBN 979-11-384-8308-7 (세트)